John Fante

MY DOG STUPID

ジョン・ファンテ

栗原俊秀 訳・解説

犬と負け犬

未知谷
Publisher Michitani

—— 目次 ——

主な登場人物

ヘンリー・J・モリーゼ　語り手
ハリエット・モリーゼ　妻
ドミニク　長男
ケーティ・ダン　ドミニクの恋人、黒人
デニー　次男
ティナ　長女
リック・コルプ　ティナの恋人、元海兵
ジェイミー　三男

犬と負け犬

1

一月のあの日、外は寒くて、暗くて、雨が降っていた。疲れ果て、みじめな気分だった。車のワイパーが動かない。富豪の映画監督と遅くまで酒を飲み、無駄話をしていたせいで、ひどく頭が痛かった。テート殺人事件を題材にした脚本を、「『俺たちに明日はない』のスタイルで、機知と品格を漂わせつつ」執筆してほしいと、監督は依頼してきた。金の話は一切なかった。「私たちはパートナーになるわけだ。ギブ・アンド・テイクといこうじゃないか」似たようなオファーを受けるのは、この半年でもう三度目だった。近ごろの世相を物語る、じつに悪い徴候だ。

コースト・ハイウェイを時速五〇マイルで這って進む。窓から顔を出し、吹きつける雨を浴びながら、なんとか道路の白線を見分けようとする。ようやくハイウェイを抜け、海に続く道へ入ろうとしたとき、奔流のごとき突風に煽られて、わが愛車一九六七年式ポルシェ（四回分のローンが未払いだと金融会社が喚《わめ》いている）のビニール製のルーフが、危うく吹き飛ばされそうになった。

　三日月形のサンタモニカ湾の北端、海に向かってポルノ映画の乳首のように突き出ているポイント・ドゥームという細長い土地に、私の家は建っている。ポイント・ドゥームは、街灯の設置さえ怠ったまま無秩序な発展を続けたせいで、曲がりくねった通りや行きどまりの道で複雑に分断された地域だった。二十年前からここに暮らしているのに、霧や雨の日は道に迷い、私はちょくちょく、自宅から二区画も離れていない通りを、当てどもなく行ったり来たりする羽目になった。

　雨風の吹き荒れるこんな夜には、あらかじめ決められた手順を踏むことになっている。ファーンヒルではなくボンサルに向かう脇道に入り、ゆっくりと、儚い望みを抱きながら、自分の家を見つけようとする。とはいえ、ガソリンが足りるなら、けっきょくはコースト・ハイウェイへ戻るのだろうと自覚している。そうして、バス停の脇でさびしく光る電話ボックスに車を寄せ、妻のハリエットに電話をかけ、迎えに来て道案内をしてくれと頼むのだ。

　一〇分と待たないうちに、ハリエットが丘の上に現われた。ステーションワゴンのヘッドライトが嵐のなかに穴を開け、徐々にこちらへ近づき、電話ボックスの横で停車した。ハリエットは白いレインコートを着ていた。クラクションを鳴らし、車から飛び降りて、私の方へ駆けてくる。不安そうに、大きく目を見開いている。

「これ、必要になると思うから」

そう言って、レインコートの下から私の二十二口径を取りだし、サイドミラー越しに差し出してきた。「庭になにかいるの。怖いわ」

「なんだ、動物か？」

「さあ、知らない」

銃なんて、触れるのも嫌だった。私は受けとろうとしなかった。するとハリエットが足を踏み鳴らした。

「ヘンリー、お願いよ！　あなたの命を守るためなの」

私の鼻先でハリエットが銃を振った。

「いったいなにがいるんだ？」

「熊だと思う」

「どこに？」

「芝生の上。キッチンの窓のすぐ下」

「うちの息子だよ、どうせ」

「毛が生えてるのに？」

「どんな毛だ？」

「熊の毛」

「たぶん、動物の死骸だ」

「息をしてたわ」

私は銃を突き返そうとした。「いいか、寝ている熊を二十二口径で撃つなんてごめんだからな！　起こしてやればいいだけだ。保安官に電話しておこう」

車から降りようとしてドアを開けると、ハリエットに押し返された。

「だめ。とにかく見てみて。なんでもないかもしれないから。ひょっとしたら、ロバだったのかも」

「くそ、今度はロバか。耳は大きいのか？」

「そこはちゃんと見なかったわ」

私はため息をつき、車のエンジンをかけた。ハリエットはステーションワゴンに走って戻り、道路に車を進ませた。白いセンターラインが見当たらなかったので、ステーションワゴンのテールランプにぴったりと張りついて、雨の滝に打たれながらゆっくり走っていった。

私たちの家がある一エーカーの土地は、眼下で海が唸りをあげる断崖絶壁から百ヤードほど離れていた。Y字型の、俗に「ランチョ」と呼ばれる邸宅で、敷地はコンクリートの壁にぐるりと囲まれている。壁に沿って、背の高い一五〇本の松が立ち並んでいるおかげで、森のなかに暮らしているような気分を味わえる。それはまさしく、現実にはそうでないところのもの、すなわち、「成功した作家の住居」のごとき外観を備えた家だった。

けれど支払いは、スプリンクラーの栓にいたるまで、完全に済ませてあった。そして私は、この家を放り出したい、この土地から逃げだしたいという、あらがいがたい欲求を抱えていた。本気でそうしたいなら、自分を殺してからにしてくれと、ハリエットはいつも言っていた。だから私は、哀しい妄想に耽っては、自らの心を慰めた。キッチンの床でハリエットが血の海に横たわっているあいだ、私は家畜用の柵囲いのそばで墓穴を掘っている。それから、ジーンズのポケットに七〇〇ドルを突っこみ、アリタリアに乗ってローマに行き、いまは亡きブロンドの妻の代わりにブルネットの女性を伴侶として、ナヴォーナ広場で新しい人生を始めるのだ……。

とはいえ、私の妻は、ハリエットは、たいへん素晴らしい女性だった。私のような夫に二十五年も耐え、三人の息子と一人の娘を産んでくれた。そして私は、新しいポルシェか、七〇年式の MGB GT と交換してもらえるなら、子供たちの誰かひとり、事によれば全員でも、喜んで差し出すつもりだった。

2

ハリエットの車が私道に入り、ガレージに停まった。続けて私も、その隣に停車する。ガレージにもう一台の車があるのを見て、二人して驚いた。四〇年式のパッカード。長男のドミニク、わが家で最初に頭のネジを飛ばした男の、紛うかたなき年代物だ。ドミニクは二週間前から、家に帰っていなかった。こんな嵐の夜に戻ってくるなんて、なにか面倒事に巻きこまれたか、あるいは着替えがなくなったかのどちらかだろう。私はパッカードの後部ドアを開けてみた。マリファナの嫌な臭いがする。ハリエットが中を覗きこみ、青いショーツをつまみあげて顔をしかめた。やだっ、と言って、妻はショーツを元の場所に押し戻した。

私たちはガレージの外に出た。家は中古車売り場のように輝いていた。すべての窓から明かりが漏れ、裏口とガレージにスポットライトが当たり、芝生は雨のなかで寒々としたきらめきを放っている。

「まだいる。ほら、あそこ」ハリエットが身じろぎし、裏口の方に視線をやった。こうして私もそれを目にした。くすんだ色の堆積物が、その場に静止している。ぐしゃぐしゃに丸められたラグマットのようでもあった。私は妻に落ちつくように言った。

「あなた、銃は?」

「車に置いてきた」

ハリエットは銃を取りに戻り、私の手に握らせた。

「落ちついてくれ、頼むから」私は言った。

ガレージから裏口までの距離は十五フィートで、ポーチの屋根のように突き出ている背の低いひさしが通路を雨から守っている。私のコートの後ろ裾を、ハリエットがぎゅっとつかんだ。私は銃の引き金に指をかけ、雨のせいではっきり見えない標的に視線を固定させたまま、足音を立てることなく、おそるおそる前に進んだ。

やがて、視界に映る物体が像を結んだ。それは地面に寝そべる羊だった。頭は見えなかったものの、尻と腹がもじゃもじゃの毛に覆われているのはちゃんとわかった。そのとき、渦を巻く風が急に雨の流れを変え、動物の輪郭を変貌させた。私は息をのんだ。あれは羊ではない。まさか、たてがみを生やした羊はいないだろう。

「ライオンだ……」私は後ずさった。

けれど、妻の視界には一点の曇りもなかった。

「ぜんぜん違うわ」すっかり恐怖の消えた声だった。「ただの犬よ」そう言って、すたすたと歩いていく。

たしかに犬だった。ものすごく大きかった。茶と黒の毛をびっしりと身にまとい、頭は重たそうで、鼻は黒くてぺちゃんこの、熊みたいに陰気な顔つきをした哀しげな獣だった。つりあがった目が固く閉ざされている。規則正しく上下するたくましい胸に気づかなければ、もう死んでいるのだと思っただろう。息を吸ったり吐いたりするとき、黒い唇がほんのわずかに震えている。激しく打ちつける雨を気にも留めていないところを見ると、意識を失っているに違いなかった。

私が犬に声をかけていると、ハリエットは家のなかに駆けていき、傘を持って戻ってきた。私たちは傘の下で身を寄せ合い、獣の上にかがみこんだ。濡れた鼻をハリエットが撫でている。

「かわいそうに。なにがあったのかしら」

私は、厚くて堅くて黒い耳を撫でまわした。

「だいぶ具合が悪そうだな」豆ほどの大きさに膨れあがったダニが私の指をよじのぼり、手のひらのなかにビー玉のように転がっていった。私は指でダニを弾いた。

「ここで寝る理由なんてないはずなのに」

「この犬はルンペンだ」私は言った「社会への適応力を欠いた獣、脱走犬だよ」

「病気なだけでしょ」

「違う。怠惰すぎて、雨宿りする場所を探すのさえ億劫《おっくう》なんだ」つま先で犬をつついてやる。

「おい、宿なし、ここから出てけ」けれど犬はそこから動かず、目を開けようともしなかった。

「ああ、やめて!」ハリエットが小さな悲鳴をあげ、私をうしろに引いていった。「触らないで。狂犬病かもしれないのよ!」

ぞっとした。狂犬病を患った犬にかかずらうなんてごめんだ。私たちは早足で家に入り鍵を閉めた。私はずぶ濡れで、キッチンの床にぽたぽたと雫が垂れた。濡れた服を脱いでいるあいだ、ハリエットが寝室に部屋着を取りにいってくれた。部屋着といっしょにバーボンと氷が運ばれてきた。私たちはテーブルにつき、問題を検討した。

「あのまま放っておくわけにはいかないわ」ハリエットが言った「死んでしまうもの」

「死は誰にでも訪れる」私はそう言って、二杯目のグラスを空けた。

ハリエットは辛抱を切らしかけていた。

「なんとかしないと。誰か呼びましょう。狂犬病への対処法を見つけるのよ」

マリブの獣医師ラムソンに電話したとき、キッチンの時計の針は九時半を指していた。映画スターのペットを診ることで生計を立てている、低俗にして醜悪な獣医師ラムソンは、さっき犬の耳から取り除いてやったダニのように、何年にもわたって私の血を吸いつづけてきた。私は無力な被害者の立場に甘んずるほかなかった。サンタモニカ北部で動物病院を開業しているのは、この男だけだったから。

電話には家政婦が出た。ラムソンご夫妻はお留守です。カタリーナ島でヨットに乗っています。私は受話器を置き、ナポリの守護聖人サン・ジェンナーロに小さな祈りを捧げた。どうか、ラムソン夫妻を乗せたヨットを、海の底に沈めてください。

続けて私は、郡保安官事務所に電話した。巡査部長は、あらかじめ見越していたのとそっくり同じ答えを返してきた。動物保護施設に電話してください。施設の番号をダイヤルしているあいだ、私は無力感に襲われた。思ったとおり、録音の音声が流れた。当施設は明朝九時まで閉まっております。

激しく屋根を打ちつけていた雨が囁きに変わり、やがてなにも聞こえなくなった。ハリエットが窓越しに犬を見ている。

「死んでるみたい」

雨上がりの静寂に心地よさを覚えながら、私は三杯目のグラスを啜っていた。Y字型の家の北翼《ほくよく》にあるドミニクの部屋から、ステレオが轟音を響かせている。マザーズ・オブ・インヴェンションの狂ったようなリズムだった。言葉にしがたいほど頭の悪そうなそのサウンドがたまらなく癪《しゃく》に障り、私は視線を上げてサン・ジェンナーロを見つめた。ああ、ジェンナーロよ、私の苦しみはいつまで続くのですか？　そもそもの始まりはプレスリーとファッツ・ドミノだった。やがてアイク&ティナ・ターナー、さらにはビートルズ、グレイトフル・デッド、モンキーズ、サイモン&ガーファンクル、ドアーズ、ロータリー・コネクションにいたるまで、こいつら全員、全員の音楽が、私の家を内側から蝕《むしば》み、永遠にも思える長い歳月、反吐《へど》の出そうな未開の洪水となってわが家に押し寄せつづけた。そしていま、あのクソッタレは二十四歳となり、痔にも匹敵する不快な存在としてなおも父親の頭を悩ませるのだ。

ああ、ジェンナーロよ、私のサンダーバードがぺしゃんこにされたときのことを覚えていますか？　見る影もなく破壊されたアヴァンティの姿を、まさかお忘れになったのですか？　もちろん、マリファナを吸って逮捕された件も忘れてはいけない。私は一五〇〇ドル支払う羽目になり、それでもあいつには有罪の判決がくだった。時おり黒人の女と寝ていて、母親はひどく心を痛め、私はそんな息子を横目で見ながら、こいつはひょっとしてホモなんじゃないかと気を揉んでいた。ああ、祝福された聖人よ、ドミニクを地獄に落としてください。家族の誰かが狂犬病の犬に噛まれることを、もし運命が望んでいるなら、どうかあいつが噛まれますように！　私がテーブルに拳を叩きつけると、ハリエットはびくりと体を震わせた。

「どうしたの？」

「お前の息子のドミニクだ！」私は指を槍のようにして妻に向けた。「あいつがそこらをほっつき歩いて、あの犬になにかしたんだ！」

私はもう一杯グラスを空け、廊下をどしどし歩いてドミニクの部屋の前まで行った。扉をノックすると、ステレオの音が消えた。

「誰？」

「お前の父親だ。ヘンリー・J・モリーゼだ」

ドミニクは鍵を開け、パンツ一枚の姿で部屋から出てきた。肩が広く脚は太い、がっしりとした体格の青年だ。

「やあ、父さん。どうかした？」

私は部屋の中に入った。

「この二週間、どこにいたんだ？」

「そのへん」

きれいにひげの剃られた顔からライムの香りが漂い、耳を覆う長髪は櫛《くし》で丁寧に梳《と》かされている。ドミニクが太いストライプの入ったスラックスを穿《は》いているあいだに、私はベッドに腰を下ろした。どこまでも気まぐれなこの男は、海軍の服務期間を迎えた際に大学を中退していた。いまは機械工として働き、年に一万ドルを稼いでいる。その収入をすべて自分のために使いながらも、ドミニクはたびたび金欠に陥り、ことあるごとに親から金を借りていた。多額の出費の原因は、賭博所「ガーディナ」での見境のないポーカーチップの購入にあると見るほかなかった。ハリエットは以前、息子の服を洗濯するとき、ズボンのポケットからチップを発掘したことがある。私はナイトテーブルに視線をとめた。小銭や車のキーといっしょに、二枚のチップが置かれている。そこにはコンドームの箱もあった。

「もう少し慎重になったらどうだ」コンドームの方へあごをしゃくりながら、私は言った

「ここには、お前の母親も妹も暮らしてるんだぞ」

ドミニクは笑みを浮かべた。「父さんの娘のバスルームには、ピルの在庫がたっぷり保管してあるよ。今度見せてやろうか?」

本棚の上の壁に新しいポスターが貼られている。ランプが真下にあるので、光が届いていない。シェードを傾け、ポスターに光を当ててみた。それは引き伸ばし写真だった。ブロンドのウィッグをつけた裸の黒人娘が、バーのスツールに腰かけて大きく股を開いている。

「こんなもの、どこで買うんだ?」

「気に入った?」

「いっさい、なにも感じないな。母さんは見たのか?」

「さっき貼ったところだよ」

「ひょっとしてお前は、母さんが心不全になればいいと思ってるのか?」

「どこにでもある、健全なポルノ写真じゃないか。ベッドの下に同じようなのが何枚もあるし、母さんはぜんぶ見てるよ。父さんもたまにはどう?」

私はすでに、対応の仕方を心得ていた。「いや、いい。俺はカミュを読んでるところなんだ」

「カミュ? へえ、さすが」

私はしばらく、息子がなにを考えているのか推し量っていた。

「白人の女のなにが気に入らないんだ?」

ドミニクはこちらを振り返り、シャツのボタンをかけながら笑顔を作った。

「白い胸肉が好きなやつもいれば、黒い腿肉が好きなやつもいる。なにが違うんだよ……どっちも七面鳥だろ」

「お前には種の誇りというものがないのか?」

「種の誇り! やるね、父さん、すごい表現だ。大丈夫、言われなくてもわかる、父さんの頭からあふれ出た言葉なんだろ? こいつはただごとじゃないぞ。父さんが偉大な作家だってのも納得だ」ドミニクは机に近づき、鉛筆を手にとって、なにやら封筒に書きはじめた。「〈種の誇り〉っと……忘れないように、書きとめておかなくっちゃ」

このクソガキ！　こいつを相手に会話が成り立つはずがない、かならず話の腰を折ってくるのだから。私は言ってやりたくなった。お前の骨に乗っかっている肉は、くだらない脚本を書くために俺が流した汗の結晶なんだぞ。それだけじゃない。完璧な歯並びにするための矯正器具は三千ドルもした。お前が壊した車や、バイクや、サーフボードや、お前にかけてある高額の保険料のために、今日まで俺が何千ドル払ってきたかわかってるのか？　けれど、あいつはきっと、こう言い返してくるだろう。そんなのぜんぶ、自己憐憫の賜物《たまもの》じゃないか。それはたしかに、そのとおりだった。人生はままならない。息子が大きくなるにつれ、自分の背は曲がっていき、気づいたときにはわが子を殴りつけることもできなくなっている。最後にこいつを折檻《せっかん》したのは、三年前、車のなかで酔っぱらっているのを見つけたときだった。息子は私に殴られて、狂ったように笑い転げた。

話題を変えて、庭にいる奇妙な犬について話してみた。犬が好きで、かつてはチャンピオン犬のビーグルを飼っていたこともあるドミニクは、興味を引かれて目を輝かせた。キッチンでハリエットと合流し、私たちはぞろぞろと裏庭に出た。

すでに嵐は収まり、雨に洗われた青い空に星々がまたたいている。相変わらず、犬は地面に寝そべったままだ。まわりを取りかこむと、ゆったりとしたリズムの柔らかい寝息が聞こえてきた。ドミニクが犬の腰のあたりにしゃがみこんだ。狂犬病について警告するハリエットを軽くあしらい、幅の広い陰気な額を撫でてやっている。こんなにも哀しげで、こんなにもうらぶれた犬は、いままで見たことがなかった。

「疲れきってるな」ドミニクが言った「ほら、いびきの音がすごいよ」

「さみしそうね」ハリエットが言った「ここに来る前、いじめられてたんじゃないかしら」

「こんな化け物を、どうやっていじめるんだよ」ドミニクが言った。茶と黒のざらざらとした毛皮を撫でてやっている。毛深いおかげで雨露を寄せつけない犬の体は、すでに乾いて光沢を放っていた。心ここにあらずといった風情で、どんよりした顔を力なく地面に押しつけている。

「病気なんだな。それも、だいぶ重症だ」私は決めつけた。

「重症なのはそっちだろ」ドミニクが言った「よく見なよ、こいつのこと」

この獣《けだもの》は、勃起していた。毛に覆われた鞘から陰茎が頭をもたげ、サリーナス・バレーの巨大な人参となってそそり立った。夜の空気を味わおうとするかのごとくに、その先端のひとつ目が、周囲をぐるりと見まわしている。股間の異変に反応したのか、犬はゆっくり頭を持ちあげ、新顔に一瞥をくれた。喜びの表情を浮かべ、たくましい首をぐっと伸ばして、ドミニクのことを愛しげに舐めている。息子と犬は、親友同士にしか見えなかった。

「きもちわるい……」ハリエットが言った。

犬がドミニクの方へ首を伸ばしたとき、金属音が聞こえた。ドミニクが毛皮の下をまさぐると、タグのついた輪縄式の首輪をつけていることがわかった。

「よし」私は言った「これで飼い主がわかるぞ」

タグを読むには暗すぎたので、ドミニクは首輪を取り外した。明かりが当たるようにタグを掲げ、なにも言わずにじっと見つめ、それからハリエットと私に手渡してきた。タグには銘が刻まれていた。

こんな字面だった「後悔しやがれ」

「スタン・ジャクソンか！」私は言った。

ジャクソンは海岸沿いに暮らす作家で、昼間のテレビ番組や友人向けに受け狙いの与太話を考えることを生業《なりわい》としていた。タグの銘は、いかにもあの男が考えそうな文句だった。飼い主はあいつに違いない。するとハリエットが、ジャクソン一家は海外旅行で留守のはずだと口を挟んできた。

「思うんだけど」ハリエットが言った「〈後悔しやがれ〉が、この子のほんとうの名前なんじゃない？」妻は身をかがめ、自身の仮説を検証しようとした。「こんばんは、〈後悔しやがれ〉。具合はどう？」

自分の逸物《いちもつ》に気を取られていた犬は、妻になんの注意も払わなかった。ドミニクは首輪をつけなおし、真っ当な提案を口にした。この犬にかかわりあうのはよそう。そっとしておいて、好きなときに出ていかせてやればいい。

犬は立ちあがり、股のピストルをケースにしまいながら欠伸《あくび》をした。身を起こすとなおのこと大きく見える。ふさふさの尻尾が背中の上でカールし、水かきのついた足は人間の拳なみに大きかった。体重は、一二〇ポンドくらいはあるだろう。

ハリエットの意見では、この犬はエスキモー犬だった。

「マラミュートだね」ドミニクが言った。

私の目に映るこいつは、単なる厄介者、黒い吊り目と熊の顔をした陰気ではた迷惑な獣でしかなかった。あえて犬種を推測するなら、大型のチャウチャウだろうか。犬はポーチの階段をのんびりと上り、平然とした様子で家のなかに入っていった。私たちはその後ろ姿を、呆気《あっけ》にとられたまま見送っていた。

「家に入れるのは嫌よ」ハリエットが言った。

私はドミニクの方を振り返った。

「あいつを追いだせ」

私たちはドミニクの後について家に戻った。キッチンに犬の姿はなく、リビングにいるのをハリエットが見つけた。ソファに寝そべり、クッションにあごを載せている。

「私が刺繍したカバーに、よだれを垂らしてる」ハリエットが言った「早く追い払って」

ドミニクが、首まわりのたるんだ毛皮をつかんでぐいと引いた。「おい、おりろ」すると、深く、不穏で、背筋を凍らせるような唸りが聞こえた。その声は床下から、家の下の大地から響いてきた。ドミニクは手を放し、後ずさりした。犬はけだるそうに唸ってから、目を閉ざした。

「放っておこう」私は言った「別に、危険な犬じゃない。玄関のドアを開けておくんだ。そうすれば、出ていきたくなったときに、自分から出ていくさ」

「そうだわ！」ハリエットが目を輝かせて言った。

キッチンに引っこんだかと思うと、紙皿にハンバーグの小山を載せて戻ってきた。「犬が私についてきたら、ドアを開けてね」ハリエットが言った。腕を伸ばしてハンバーグを差しだし、犬の気を引こうとする。「わんちゃん、こっちよ。あなたにご馳走を持ってきたの。とっても美味しいハンバーグよ」ハリエットは紙皿を、犬の鼻先に差しだした。

犬は目を開け、蔑《さげす》みを込めた冷たい眼差しをハリエットに向けた。妻は激昂した。

「私の家から出ていきなさい！」足を踏みならし、玄関を指さして、ハリエットが命令した「出ていけ！　いますぐ！」

犬は妻の声にかすかに反応し、足を伸ばしてから寝返りを打って、背中をクッションに押しつけた。また勃《た》っていた。人参が頭をもたげ、あたりの様子を窺っている。犬は頭を持ちあげ、股間の友に暖かな眼差しを注ぎ、湿った舌で舐めまわした。

「最悪だわ」ハリエットが言った。

あのとき、どうしてあんなことを口にしてしまったのかわからない。けれど、言ってしまったものは仕方ない。ちょっとした気まぐれ、ひとつまみのウィット、ふと頭からこぼれ出た即興詩のようなもので、自分としてはなんの悪意もなかった。

「俺もあれ、やってみたいな」私は言った。

「もういや！」ハリエットが言った。

妻はハンバーグを暖炉のなかに投げつけたかと思うと、荒々しい足どりで部屋を出て廊下を歩いていった。寝室のドアがばたんと閉まる音が聞こえた。私は肩をすくめ、ドミニクの方を見た。

「あいつ、なにが気に障ったんだ？」私は言った「ただのジョークなのにな」

「まあ、フロイト流の言い間違いってとこだね」ドミニクが言った。

かちんとくる言葉だった。「どういう意味だ？　俺にそんな口を利くとは、いい度胸じゃないか。お前がフロイトのなにを知ってる？　おおかた、同棲相手に色黒の雌鶏ばかり選ぶ自分の性癖が不安になって、フロイトの本を引っぱり出してきたんだろう。お前の病名は、そうだな、人種病ってとこじゃないか？」

ドミニクは出ていった。私が言い終える前から、怒りのあまり顔面蒼白になっていた。裏口から出て、ガレージに行き、車に乗り、エンジンをかけ、バックさせる。引きとめようとして駆け寄る私を、ヘッドライトが照らした。車はすでに動き出している。

「おい、待て！」

車はとまり、私は運転席の側へ移動した。

「悪かった」私は言った「最後に言ったことは取り消す。忘れてくれ」

息子は傷つき、ふさぎこんでいた。

「いいよ、父さん」

「きつい一日だったんだ。だいぶ疲れてる」

「そうだね」

「そら、もう行っていいぞ。いまのうちに、独身のうちに楽しんでおけ。俺は干渉する気はない。じゃあ、またあとでな」

「ああ」

ドミニクは旧式のパッカードをバックさせ、通りに出てからゆっくりと向きを変えた。車はハイウェイの方角へ滑るように走り去った。雨に洗われた夜のなかで、エンジンが猫のようにごろごろと鳴いていた。たいした車だ。一週間だけなら、私のポルシェと交換してやってもいいと思った。

3

リビングに戻ると、犬はまだソファの上にいた。夢にうなされ、足を小刻みに震わせながら叫んでいる。夢のなかでなにかを追っているようでもあり、追われているようでもあった。足の動きがどんどんと早くなる。私は犬が気の毒になった。自分も似たような夢をよく見ていたから。私を追いまわすのは、妻や、エージェントや、最後に私を雇ったプロデューサーのキング兄弟だった。犬は急に目を覚まして顔を上げた。夢だとわかって安心すると、嬉しげに息を弾ませつつ体を起こした。

私は訊いた「なあ、なんて名前なんだ？」

犬は視線で、くたばりやがれ、と言っていた。

私は妻と仲直りするために廊下を歩いていった。妻はベッドの縁《ふち》に腰かけ、爪にマニキュアを塗っていた。怒りを鎮めた妻を見るのは心地よかった。

私は妻に話しかけ、自分が口にしたことについて謝った。

「あなたはときどき、救いようのない豚になるわ」

「ジョークだったんだ」

「あなたはほんとうに下品になった。私とはじめて会ったときのあなたは、けっしてあんなことを言う人じゃなかった」

「あのころは、自己を確立する最中だったからね。ハリエット、聞いてくれ。ひどく長い結婚生活を送ったせいで、僕はたまに、きみにも感情があるということを忘れてしまうんだ。結婚は、男から人間性を奪っていく。父親でいることや、仕事にあぶれて毎日を送ることにも、同じような効果がある。あとは犬だ。僕らはあのクソ犬をどうしたらいい？」

庭に面した寝室の窓から、ヘッドライトの光がなだれ込んできた。元海兵のリック・コルプが運転するフォルクスワーゲンに乗って、娘のティナが帰ってきたのだ。あの二人にしては、だいぶ早めの帰宅だった。私はただ、軍曹は普段より腹を空かせているのだろう、としか思わなかった。コルプが一年前に除隊して以来、二人は婚約者ということになっていた。

ヘッドライトが弱まるなり、ハリエットが言った「犬の問題を解決してくれる人を見つけたわ。リック・コルプよ」

「あいつは僕にかなりの借りがあるんだぞ。少なくとも、スコッチのボトル二〇本分だ」

「だいじょうぶ。リックなら、あのおぞましい犬が相手でもうまくやってくれるから」

「僕はなにも、犬の腹を裂いてほしいわけじゃない。家から追いだせればそれでいいんだ」

「ぜんぶリックに任せましょう」

妻はコルプを気に入っていた。締まりのない笑顔や、肩まで届きそうなサーファー風の金髪や、見栄えよく日焼けした容姿に好感を抱いていた。私としては、妻の見方にやすやすと賛同する気にはなれなかった。あの男は私の娘とやっているうえに、わが家の財産を蝕《むしば》んでいるのだから。除隊してからの一年間、軍曹は日がな一日ビーチで過ごし、サーフィンに人生を捧げていた。毎晩八時になると、うちまで娘を迎えに来て、車でどこやらへ出かけていく。映画を見たりパーティーに顔を出したりするために、サンタバーバラからラグーナまでを徘徊し、何時になっても娘を家に帰そうとしない。時には、日が昇るころに戻ってくることさえあった。

帰宅が何時になろうがお構いなしに、ティナは軍曹をそそくさとキッチンに連れこみ、ドアを閉め、ハムエッグとトーストの乗った大皿をてきぱきと用意する。ティナが朝食を作りテーブルを整えているあいだ、コルプは氷の入ったタンブラーから私のスコッチを啜っている。私は一度、ちょっとした気まぐれを起こして、午前二時ごろ、二人がいるキッチンに闖入《ちんにゅう》してやったことがあった。コルプは靴を脱ぎ、両足をテーブルに乗せ、その傍らに私のスコッチが控えていた。私は気が塞ぎ、現実を見ようと思い立った。書斎の机に向かい、ペンと紙を用意して計算を始めた。結果、リック・コルプはこの一年で、わが家の冷蔵庫から千個の卵と一五〇ポンドのハムを消費していたことが判明した。そして私は、もう七ヶ月も仕事にあぶれていた。

アルコールについては別枠で考える必要があった。じつは、この問題はすでに解決済みだった。半ガロンで七ドルのボニーラッシーをドラッグストアのスリフティで購入し、カティサークのボトルに移し替えておいたのだ。ボニーラッシーの味わいは塩素のそれに近いのだが、海兵隊で胃袋を鍛えてきた軍曹には、銘柄の違いなどわかるはずもなかった。高級品は、掃除用具入れのなかに隠してあった。

朝から晩まで、ビーチでむなしく自慢の筋肉をひけらかしているからといって、私は軍曹を詰《なじ》るつもりはなかった。説教の相手としては、屈強に過ぎたから。けれど、私の懸念はティナを通じて伝わっていた。軍曹はある晩、ボニーラッシーを啜りながらティナの着替えを待っているとき、自身の安逸なライフスタイルについて説明してくれた。

「順応期間なんですよ」コルプは言った「一般市民に戻るのは、簡単じゃないってことです。やみくもに先を急いでも、途中で息切れするだけですから」

コルプの言いたいことはよくわかった。私もまた、市民生活にうまく順応できずにいる一人なのだ。じつに五十五年にわたり、私は順応しようと努力しつづけ、ひたすらに失敗を重ねてきた。軍曹が羨ましかった。私だって、一年かそこら、海辺をぶらぶらして過ごしたかった。フォルクスワーゲンに三枚のサーフボードと、スキューバダイビングの道具と、寝袋と、ティナのように愛嬌のある娘を乗せて。

4

「こいつはアキタだな」ソファの上にだらしなく横になっている犬を検分しながら、リック・コルプが言った「日本の犬ですよ。東京で似たようなのを見かけました。かかわりあいにならない方が賢明でしょう」

「だから言うことを聞かないのね」ティナが言った「きっと、英語が分からないのよ」

「ウォッヅズワースのハゴロモ夫人を呼んでこようかしら」ハリエットが言った「とっても感

じのいい人なの。日本の犬と話せたら、きっと喜ぶと思うわ」

「おいおい、冗談だろ、ハリエット」私は言った「きみはこのケダモノと会話を楽しむつもりか？　僕らはただ、こいつを家から追い出したいだけじゃないか。たとえ英語が分からなくても、暴力なら理解できるはずだ。それこそ、どんな犬にも通じる言葉さ。軍曹、そうだろう？」

「おっしゃるとおりです」

「きみに任せてもいいかい？」

リックは自信に満ちた笑みを浮かべた。「古い上着を貸してください。レインコートとか、その類《たぐい》のものを」

ハリエットは玄関の戸棚からプラスチック製のレインコートを持ってきた。リックはそれをがっしりした腕に巻きつけて盾を作った。軽く叩いてみたところ、申し分のない頑丈さだった。

「ベトナムで見たやり方です」リックが説明した「犬が襲いかかってきたら、この腕を犬の口に突っこみます。すると、顎に力が入らなくなるんです。その隙にヘッドロックをかましてやり、犬を部屋から引きずりだします。誰かに玄関の扉を開けてもらえると助かります。ほかの皆さんは、うしろで見物していてください」

「だめよ、リック、お願い！」ティナが涙声を上げ、リックのもとへ駆け寄った。「怪我するわ。私、あの犬は嫌い！」

ティナの抗議は、リックをますますその気にさせただけだった。リックはティナの鼻に優しくキスをして、臆病な私たちといっしょにうしろに立っているよう促した。ここが見せ場だと察知したティナが、おいおいと泣きはじめた。いつもどおり、涙がいとも簡単に溢れ出てくる。リックがティナを抱擁し、ティナの不安を和らげた。こうした光景が繰り広げられている横で、私はハリエットに、家財保険がおりるかどうか確認していた。ハリエットは顔をしかめてから、たぶん大丈夫だろうと返事をした。不穏な気配を察知した犬が、私たちを順番に眺めていく。だらりと垂れた長い舌から、よだれがしたたり落ちている。

女性的宿命論の珍奇な一幕を演じつつ、ティナは海兵さんを抱きしめ、決闘の場へと送りだした。リック・コルプが、犬の前方に歩み出る。

「ニッポンのわんころよ」リックが言った「どうやら決着をつける時だな」

リックはレインコートを巻きつけた腕を犬の眼前に突きつけた。犬は驚いた様子で、クッションの方へ身を引いた。その顔には、怒りの表情はまったく読みとれなかった。実際のところ、犬は喜び、はしゃいでいるようでさえあった。私たちよりいくぶん冷静だったリックが、犬の両耳のあいだに広がる柔らかい部分を撫でてやった。すると犬は、熊のような面構えをくしゃくしゃの笑顔に変えて、リックの手をべろべろ舐めた。

「まあ、なついてる!」ハリエットが言った。

「ああ、リック」ティナが苦しげにつぶやいた。

「こいつはただ、少しばかりの愛情が欲しかっただけですね」リックはそう言ってソファに腰かけ、腿のあたりに鼻をこすりつけてくる犬を迎え入れた。犬は目を閉じ、忘我の悦楽にひたっている。

「ちょっとかわいいかも」ティナが言った。

「かわいそうに、友だちがいないのよ」ハリエットが言った。

そして、私たちは人参を目撃した。たいまつのように赤々と燃えるそれを、私たちは同時に目撃した。リックもやはり、それを見ていた。

リックは立ちあがろうとした。犬は離れたがらず、うなり、歯を剥き出しにした。そして、いきなりリックに飛びかかり、背中を押さえつけ、青年の喉に獰猛な歯を突き立て、そのまま寝そべっているようにとすごみを利かせつつ警告した。素直に従うリックのリーバイスに、「ざく、ざく、ざく!」と人参が打ちこまれる。大きな口から漏れだしてくる湿った吐息を顔のすぐそばに感じながら、リックは身じろぎもせずに横になっていた。

ティナが絶叫した。ハリエットが顔を覆い叫んでいる「ああ、なんてこと!」

私はその一部始終を、うっとりと眺めていた。およそ五秒間の出来事だった。リーバイスのざらざらした生地にぶつかるなり、たちまち魔法が解け、人参は自らの鞘のうちへ引っこんでいった。興をそがれた犬は軍曹の背中から降りて、のんびりした足どりでキッチンへ向かった。

リックはブロンドの髪を手でなでつけ、シャツをズボンのなかにしまった。

「お父さん、あの犬は……」リックが言った「ホモです」

「銃殺すべきよ」ティナが言った。

私は異論を唱えた「犬はきわめて民主的な生き物だ。どんな相手ともやろうとする。前に飼っていた犬なんて、庭の木とやろうとしていたくらいだ」

「僕はそうは思いません、お父さん」リックが言った「あの犬はおかまです。賭けてもいい」

「要するに、きみとやろうとしたから、あいつはホモだと言いたいわけか?」

「そのとおりです」

「じゃあ、もし、あいつがハリエットとやろうとしたら?」

視界の外からハリエットの平手が飛んできて、私の頬をしたたかに打った。ハリエットは廊下から寝室へ駆けこみ、乱暴にドアを閉めた。

「お父さんって、最低」ティナが言った。

拳で軽く口を押さえた。見ると血の跡がついている。リックは沈痛な表情を浮かべ、下を向き、陰鬱な青い瞳で絨毯を見つめていた。

「なにか飲むかい?」私は言った。

「けっこうです」

「ハムエッグは?」ティナが訊いた。

「今度にするよ」

リックはドアの方へ向かい、ティナがリックの腰に腕をまわす。ドアの前で、リックは立ちどまった。

「お父さん、ひとつ提案してもよろしいですか?」

「どうぞ」

「あのクソ犬を、射殺してください」

「傾聴に値する意見だな」

手に手をとり、二人は車の方へ歩いていった。私がキッチンに入ると、犬がレンジの前で寝そべっていた。棚から酒を取りだすには、犬をまたがなければならなかった。スコッチを手にとり、もう一度犬をまたぎ、グラスに酒を注いだ。玄関の扉がすさまじい音を響かせたかと思うと、ティナがキッチンに突進してきた。見るものを黒焦げにしてしまいそうな目つきだった。

「お父さんも、お父さんの最悪な犬も、だいっきらいよ。お父さんって、周りが嫌がることしかしないのね。かわいそうなお母さん! さっさと別れたらいいのに」

「おい、なにをかりかりしてるんだ?」

「その口の利き方にうんざりしてるの! どうしたらそこまで不潔になれるわけ? お父さんには敬意ってものがないのよ。お父さんはあの犬より最悪だわ。お願いだから、これ以上リックに迷惑かけないで。ねえ、聞こえてる? もう嫌よ、もう嫌!」

ティナが金切り声をあげながら自分の部屋へ走っていく。思いきりドアが閉められ、家全体がぶるぶる震えた。振動を感じた犬が目を開いた。二、三度まばたきをしたあとで、犬は安らかに眠りの世界へ引き返していった。

雨がまた降りはじめ、傾斜のついた屋根に当たって音を立てていた。私は嬉しくなった。なぜって、外では雨は金《かね》であり、空から降ってくる硬貨にほかならないから。雨は私たちの財産を濡らし、火事の危険を遠ざけてくれる。犬が雨の音を聞きとり耳を立てた。立ちあがり、のそのそと裏口へ歩いていく。裏口の前まで来ると、私の方を振り返り、悲しげに見つめてきた。外に出たいらしい。私は扉を開けた。犬はポーチに出て、湿気の匂いを嗅いでから芝生に降りた。私たちとはじめて対面した場所で、犬は横になり、目を閉じて、そのまま雨に打たれていた。

私はハリエットのいる寝室に向かった。ハリエットはパジャマに着替え、ベッドで本を読んでいた。いつもどおり、ハリエットはすでに怒りを鎮め、微笑みを浮かべていた。犬が家から出ていったことを伝えると、自分の目で確かめるために、ハリエットはすぐにベッドを出た。私たちはいっしょに玄関に下りた。ティナにも知らせた方がいいだろうと思い、私はティナの部屋に行って扉を叩いた。

「犬は出ていったよ」私は言った。

「二度と私に話しかけないで」扉の向こうでティナが言った。

ハリエットと私は裏手のポーチから、強い雨に打たれて眠る犬を眺めた。

「なんだか気味が悪いわ」ハリエットが言った。

ヘッドライトが片方しかついていない一九六〇年式のビュイックが、ガタガタと音を立てて庭の私道に入ってきた。次男で役者をやっているデニーの車だ。ポンコツを車庫に入れ、ブリーフケースを抱えて雨のなかを走ってくる。

「母さんに話があるんだ」私にはなんの注意も払わずに、デニーがつっけんどんに言った。

「デニー、見て」犬を指さしてハリエットが言った。

「なにあいつ。どこか悪いの？」

「寝てるのよ」

「じゃあ、〈寝た犬は起こすな〉だろ」

諺を口にしてから、デニーはくつろいだ足どりで私たちの前を通りすぎ、家のなかに入っていった。

「母さん、こっち来て」

デニーは細身で快活な優男で、髪は母親と同じブロンドだった。じきに二十二歳になる自分の生き様に焦りを覚え、いつもなにかに慌てていた。シティ・カレッジで舞台芸術を学んでいたものの、学業にはなんの情熱も抱いていなかった。大学をやめてニューヨークに行き、役者として芽を出したいと望んでいた。けれど、デニーは徴兵を逃れるために、二年前に陸軍予備軍に入隊したばかりだった。マンハッタンへ逃げ出す前に、まだ四年は予備軍で過ごさなければばならない。デニーは軍に、ニューヨークへ転属させてほしいと要請したが、デニーが所属するフォートマッカーサーの特殊部隊に比肩するような隊はニューヨークには存在しないという理由で、申請は却下された。巡業サーカスや遊園地、はたまた農産物の品評会で、デニーは短期の労働に従事していた。いまは大学に通うかたわら、ロサンゼルスでタクシーを運転し、その稼ぎの大部分を、兵役逃れに加担してくれそうないかがわしい医者や弁護士に貢いでいた。度重なるエックス線検査、血液検査、脊椎穿刺《せきついせんし》にもかかわらず、腐敗した医者でさえ、デニーの身体になんの欠陥も見いだせなかった。デニーは健康な肉体のせいで憂鬱になり、軍隊という泥沼から抜け出せない自分にうんざりしていた。

「ねえ、母さんのこと待ってるんだけど」デニーがキッチンで言っている。

私たちが中に入ると、デニーはキッチンのテーブルにつき、ブリーフケースから紙を出しているところだった。私の顔を見ようともせずに、デニーが言った「父さん、悪いけど出てってくれる？　いまから母さんと、個人的な案件について話さなくちゃならないから」

「黙れ、このばか息子め」私は腕を組んで言った。

デニーは私の言葉を無視して、ひとつかみのタイプ文書をハリエットに手渡した。「落ちたよ、母さん。母さんは見事に落ちたよ」

直視しがたい事実を突きつけられ、ハリエットは両手で顔を覆った。「そんな」ハリエットは嘆息をもらした「ああ、そんな」

「母さん、ちょっとページをめくってみて」

ハリエットは震えながら、ページの余白に朱で書かれたメモを読んでいった。それはデニーが最終試験のために提出した、バーナード・ショーの戯曲がテーマの課題論文だった。評価はCマイナスで、B以上が合格だった。

「おかしいわよ、こんなの！」ハリエットが悲痛な叫びをあげた「ぜったいにAがとれると思ったのに！　これまでの人生で書いたなかでも、最高の部類に入る論文なのよ！」

デニーは悪意のこもった笑みを浮かべ、椅子の背にもたれかかった。「努力が足りなかったね。怠けすぎたのかなあ」

「そんなことない！　私は必死で勉強したもの」ハリエットはいまにも泣きだしそうだった。「戯曲も、序文も、ぜんぶ読んだのよ。簡単な作業じゃなかったわ」ハリエットは震える指を、私の方へ差し出した。「なにか飲むものをちょうだい」

私はスコッチのロックを用意し、ハリエットに渡した。「ああ、そんな」ハリエットはウィスキーをごくりと飲み、論文に目を走らせていく。「どう考えても不当だわ。教員たちはこれ以上、私になにを期待してるの？」

デニーの論文の代筆は、扱いに注意を要する事案だった。それはあまりに長いあいだ、じつにデニーが六学年のころから続く習慣であり、おかげでデニーは国語の作文にかんしては、紛い物の名声を欲しいままにしていた。実際には、ハリエットのしてきたことは過ちでしかなかった。なにしろデニーはそのせいで、作文や論文を母親に書いてもらうことに、なんの疑問も感じない人間に育ってしまったのだから。

私はシンクに寄りかかって、スコッチをちびちびやり、自制を失わないよう固く拳を握りしめつつ、母親をなぶるデニーの言葉に耳を傾けていた。デニーによれば、ハリエットの論文は構成が乱れており、適切な註を欠いていた。加えて、『ピグマリオン』をめぐる議論にだらだらと字数を費やしたあげく、『人と超人』には一言も触れていない始末だった。

ハリエットはせわしなく手をこすりあわせた。

「でも、あれはいい論文よ！　ちょっとした間違いはあるかもしれないけど、それだって見解の相違に過ぎないわ。そもそも、あの論文に註なんて必要なかったもの」

デニーは性根が腐っているだけあって、なかなかに知恵のまわる男だった。母親をじゅうぶんに委縮させたことを見てとると、がらりと攻め方を変えてきた。

「あまり気落ちしないでよ。母さんには二度目のチャンスがあるんだから」

これを聞いて、ハリエットはびくりと体を震わせた。

「二度目のチャンス？」ハリエットがぼそりと言った。

「ローパー先生と話してきた。この単位が俺にとってどれだけ大事か、先生はよくわかってる。だから、再提出を認めてくれたんだ」

「すばらしいわ」ハリエットはうめくように言った。

「母さん、できそう？」

ハリエットが私を見た。

「ほっとけ」私は言った。

デニーが母親を見つめながら、かすかな笑みを浮かべている。

「やるわ、デニー。力のかぎりやってみるわ」

精根尽きたハリエットが、グラスに残っているウィスキーを飲みほした。

「おい、一言いいか？」私が訊いた。

「いいや、駄目だね！」デニーが言った「でっぷり肥えたハリウッド風の口なんて、無理に開かなくていいよ」

私は平静を守った。

「いいから聞け、この間抜け。外に出て、拳でけりをつける気はあるか？」

「うるさいな。こっちには、よぼよぼの痴呆老人を殴る趣味なんてないんだよ」

私はグラスを置いた。

「そら、行くぞ」

私はリビングに歩いていって、それから玄関先のポーチに出た。デニーがドアから顔を出した瞬間に、鼻面《はなづら》に一発お見舞いするつもりだった。本気で殴り合えば負けるということはわかっていた。だからこそ、最初の一発が肝心なのだ。デニーは殴り返してこないだろう。これまでにも、何度か同じような状況を経験してきた。デニーと対峙し、それで事態が好転したかと言えば、そういうことは一度たりともなかった。私は五分待った。ついにドアが開いた。出てきたのはハリエットだった。

「あの厚かましい屑《くず》に、ポーチで待っていると伝えてくれ」

「あの子、寝たわ」

「やっぱりな。思ったとおりの腰抜けだ」

「戸締りをお願いね。ジェイミーのために、ひとつだけ明かりをつけておいて」ハリエットが言った「私は寝るわ」

ハリエットの後について寝室に行こうと思ったが、最後にもう一度だけ、犬の様子を確認してみた。霧雨に包まれた犬は死んでいるように見えた。小さな雨粒が犬の毛皮をうっすらと覆い、鼻は芝生に埋もれている。息をしているのか疑いたくなるような姿だった。けれど、胸のあたりに手を置くと、心臓はしっかり脈打っていた。

5

犬。目を覚まして、最初に頭に浮かんだのはこの言葉だった。そこで私は、覚束ない足どりでベッドを離れた。顔を洗い、南に面した窓をじっと見つめる。心を奪われるような天気だった。嵐に洗われた世界が、その余韻に雫をしたたらせている。海は途方もなく大きなブルーベリーパイで、空は聖母のマントを思わせる青に染まっている。松と磯の香りが漂い、四〇マイル先ではサンタバーバラ島と周辺の島々が、シロナガスクジラの群れのように水平線に浮かんでいる。作家にとっては、拷問にも近い一日だった。世界があまりに美しいと、野心がくじかれ、頭に浮かぶあらゆる想念が窒息させられてしまうから。

キッチンでは、ハリエットがコーヒーを淹《い》れていた。ハリエットの目が輝いている。

「いなくなったわ！」ハリエットが微笑んだ。

私は確証が欲しかった。自分の目で確かめなければ気が済まないので、外に出た。犬は影も形もなかった。雨露をしたたらせる松の木の下を横切って、壁の向こうを眺めてみる。車庫を調べ、その先にある柵囲いを確認し、かつて私のピットブルたちが住み処にしていたがたがたのトレーラーの内部まで点検した。私はそこで、甘ったるい感傷を誘うものを発見した。いまは亡き、かの偉大なるロッコに噛まれつづけた末に、半分ほどの長さになった野球のバットだった。ロッコはバットを食らうのが大好きだった。とりわけ、息子たちの汗が染みこんだグリップには目がなかった。

家の中に戻ると、すでに朝食が用意されていた。私はコーヒーを啜り、この日最初の煙草に火をつけた。すると、この日最初の虫の知らせが、心にそっと爪を立てるのを感じた。あいつ、まだ近くにいるぞ！　そう簡単に、あの犬から自由になれるはずがなかった。あのくそいまいましい生き物は、ここから一歩も離れちゃいない。疑念が全身を駆けめぐり、私は席を立った。やつはここに、この家の屋根の下にいる。本能的な直観に導かれ、北の一角からジェイミーの部屋へ、Y字型のわが家を南下していった。

私は静かにドアを開け、部屋のなかを見まわした。犬と息子が眠っていた。どちらも体を右に向け、犬の首にジェイミーの腕が巻きついた格好で、いっしょにいびきを立てている。心が和んだ。犬と並んで寝ている男子を見ると、私は暖かな気持ちになる。そういうとき、少年と犬はいつになく神に近づいている。私はドアを閉めキッチンに戻った。

「ジェイミーがお友だちを連れてきてるぞ」

「まさか、バーナード・ショーくんじゃないでしょうね」ハリエットが言った。

「もっとお行儀の悪いやつだ」

ハリエットはショーの戯曲集から顔を上げ、私の目を見つめた。

「ひょっとして、カスタッラーニくん？」

「犬だよ」

ハリエットの身体が震えはじめた。コーヒーに口をつけているあいだ、カップがかたかたと音を立てた。「もうやめて」ハリエットが言った。カップをテーブルに置くと、ページにコーヒーが飛び散った「私はこれを最後まで読まなきゃいけないの。全戯曲よ。あなた、ショーの戯曲を読んだことある？」ハリエットは片手で両目を覆った。「ねえ、お願い！　私にあの犬の話をしないで！」

こうして私の一日が始まった。情熱的で、刺激的で、創造的な充足感に満たされた作家が生きる時間は、細部まで興奮に彩られている。まずは、スーパーマーケットの買い物リスト。ブルーーン！　ポルシェのエンジン音を盛大に響かせながらコースト・ハイウェイをくだり、七マイル先のマイフェア・マーケットに向かう。キキィー！　駐車場でブレーキをかけ、跳ぶように車から降り、白いスカーフを二、三度ねじったところで、ガァー！　自動ドアを通り抜けて店内に入っていく。レタス、ジャガイモ、チャード、ニンジンを、ポイッ、ポイッ、ポイッ！　ロース肉、厚切り肉、ベーコン、チーズを、シュッ、シュッ、シュッ！　ケーキ、シリアル、パンを、ボンッ、ボンッ、ボンッ！　洗剤、床用ワックス、キッチンペーパーを、ドンッ、ドンッ、ドンッ！

車に戻り、ブルーーン、ブルーーンとハイウェイを取って返し、酵素入り洗剤のようにクリーミーな泡を立てている波を横目に、何物にも縛られない気軽な作家が、自らの日々を繊細な官能性で満たしていく。けれど、顔に吹きつける風は私を現実へ引き戻すばかりだった。消えては浮かぶローマの記憶に、いまにも息を詰まらせそうになる。ナヴォーナ広場の小さなテーブルで飲んだ、一杯のカプチーノ。隣に坐っていた黒々とした髪の娘は、メロンの種を鳩に向かって吐きだしてやりながら笑っていた。

スーパーで買ってきた品物を私が運んでいるあいだ、ジェイミーが朝食をとっていた。犬はジェイミーの足元に寝そべっている。もともとこの家の附属品だったのかと思えるほど、すっかり場になじんでいた。

「ずいぶんなついてるじゃないか」私が言った。

「うん、いいやつだよ、こいつ」

「お前とやろうとしなかったか？　昨日の夜は、あとちょっとでリックを犯すところだったんだぞ」

「やろうとしたね。だけどこいつ、ばかなんだ。そこが気に入ったんだけどさ。賢い犬にはうんざりしてるから」

「ジェイミーが、この犬を飼いたいって」ハリエットが言った。

「だめだ」

「どうして？」

「まず、俺はもう犬を飼う気はない。次に、こいつはよそのうちの飼い犬だ。そして、この犬に家のなかをうろうろされるのは我慢ならない」喋っているうちに、もう少し話を大げさにしてやろうという気になった。「頼むから、お前の父親のことも考えてくれ。狂人だらけのこの家で、いったいどうやって仕事しろっていうんだ？　俺には平穏と静寂が必要なんだ。いったいお前は、作家がどれほどの……」

ジェイミーが両腕をあげた。

「わかった、わかったよ！　その話は前も聞いた！」

ジェイミーは椅子を引き、裏口へ猛然と歩を進めつつ、犬に向かってこう叫んだ「スチューピド、来い！」

犬はすぐさま立ちあがり、ジェイミーの後についていった。ばか《スチューピド》。これほどぴったりの名前もないだろう。私は受話器を取り上げ、州の動物保護施設に電話をかけた。

バスケットボールの弾《はず》む音が庭から聞こえてきた。ジェイミーだとすぐにわかった。怒りを発散させるために、ガレージの壁に設《しつら》えられたバスケットゴールにシュートをしている。四人の子供のうち、ジェイミーは誰よりも良い息子だった。マリファナを吸うこともなければ、大酒を食らうこともない。黒人女と寝たりしないし、役者になろうだなんて考えない。父親が、息子にそれ以上のことを望めるだろうか？　ジェイミーのような息子には、どこか健全で清涼な雰囲気が漂っている。

幼いころから動物に格段の愛情を注いでいたジェイミーは、これまでに鶏、鴨、兎、ハムスター、モルモットを育ててきた。私は以前、モルモットの抱きしめたくなるような暖かさに愛情を抑えきれなくなったジェイミーが、その口にキスをしている姿を目撃したことがある。あるいは、ひと夏のあいだずっと、愛おしげに胸に絡みつく二匹のキングスネークと寝ていたこともあった。そんなジェイミーもいまでは十九歳になり、数学で抜群の成績を収めた徴兵猶予の学生として、輝かしい未来を待ちうけていた。夕方はスーパーマーケットでアルバイトに励み、稼いだ金はすべて貯金して、ゆくゆくは経営学の学位を取得しようと計画していた。なによりも重要なのは、私が幸福な老後を送る上で、もっとも頼りになるのがジェイミーであるという点だった。ほかの子供たちは、ティナも含めて、私が犬を放逐したのと同じ仕方で私を厄介払いするだろう。けれど、作家組合の年金に社会保障制度の支給金、それに加えてジェイミーからの毎月の仕送りさえあれば、なんの不安もなく晴れやかな晩年を過ごすことができる。なのに私は、どうして自分の未来を台なしにしようとする？　犬ぐらい、飼わせてやればいいじゃないか。十年後、スチューピドを施設のガス室に送りこんだ冷酷無慈悲な老父の振る舞いを思い出したとき、ジェイミーはどんな気持ちになるだろうか？　いいや、そんな未来を迎えるのはごめんだ。私は受話器を置き、ジェイミーと話し合うために外に出た。

「自分で世話すると約束するなら、飼ってもいいぞ」私は言った。

「いいよ、父さん。父さんの言うとおりだ。こいつが家にいたら、面倒なことになるに決まってるからね」

「じゃあ、こいつをどうする？」

「浜辺に連れていこう」ジェイミーが言った「そうすれば、行きたいところに行くだろうから。それで終わりだよ」

「いい考えだな」

犬は木蔦《きづた》のベッドに、半分埋もれるようにして寝そべっていた。

「来い、スチューピド」私は言った。

私の言葉は無視された。けれど、ジェイミーに呼ばれると、スチューピドはすぐに身を起こした。ここまでは順調だ。私は家のなかに戻り、自分たちの計画をハリエットに伝えた。心から安堵した様子で、ハリエットは私にキスをした。

「しっかりね」ハリエットが言った「途中で考えを変えないでよ」

「僕がどんな人間か、よく知ってるだろう。鉄の男さ。それに、あの犬を人道的に厄介払いするにはこうするしかないんだ。犬は海辺をぶらついてどこかへ消える。これで一件落着だ」

表門で待っているジェイミーと犬に合流し、海への道を歩いていった。海岸に通じる門までは四分の一マイルの距離だった。通りの両側には、一エーカーほどの宅地が広がっている。一区画につき一軒の家が建ち、各家庭で少なくとも一匹、たいていは二匹の犬が飼われていた。犬の国、犬の楽園のポイント・ドゥームには、ドーベルマン、ジャーマンシェパード、ラブラドール、ボクサー、ワイマラナー、グレートデン、ダルメシアンらが平穏に暮らしていた。

私たちが通りを進むと、天地をひっくり返すような騒ぎが起きた。エプスタイン家のほれぼれするようなボクサーたち、エルウッドとグレーシーの二匹が、咆哮とともに邸内の車道から飛びだしてきて、スチューピドに体当たりした。なにが起きたのか理解する間もなく、スチューピドは地面に倒れこんだ。「ワン」やら「キャン」やら「アオーン」やらがあたりの空気を満たし、道路脇の埃の渦のなかで、毛皮のかたまりがくんずほぐれつ転げまわっている。二匹のボクサーにずたずたに引き裂かれるのではないかと思われたそのとき、スチューピドはすばやく体勢を立て直し、熊のような口をぱっくり開けて反撃に出た。グレーシーは痛みのあまり悲鳴をあげ、脚を引きずって逃げていった。

背後からエルウッドが、スチューピドのがっしりした首筋に牙を立て、口いっぱいに毛を引きむしった。スチューピドはエルウッドを踏みつけにして、広くて深い口を相手の喉にうずめた。けれど、スチューピドはエルウッドを傷つけはしなかった。あいつはただ、エルウッドが身動きできないように、その重たい体をしっかりと押しつけただけだった。そして、人参が火を噴いた。それがオレンジ色の短剣のようにそそり立った瞬間、髪にカーラーをつけたエプスタイン夫人が玄関の扉を開け、夫人の誇りであり喜びでもあるエルウッドが猛攻の標的になる現場を、恐慌とともに目撃した。夫人は床ふきモップをつかみとり、急ぎ戦場へ駆けつけた。

「ああ、エルウッド！」夫人は悲壮な叫びをあげた「かわいそうなエルウッド！」

短剣をぶちこもうとあくせくするスチューピドの背中を、夫人がモップで殴りつける。けれど短剣は無害にも、いまはここ、次はそこへと狙いを外し、ときには地面に打ちつけられ、徐々にしぼんでいった末に、とうとう見えなくなってしまった。そうしてはじめて、スチューピドは自らをお勤《つと》めから解放し、戸惑いの表情を浮かべた。背中には相も変わらず、モップが振り下ろされている。無傷ながらもばつの悪そうなエルウッドは、すっくりと立ちあがり、スチューピドに突進して、分厚い毛皮に最後のひと噛みを加えた。それから、家の脇にいるグレーシーの方へ走り去った。

ジェイミーと私はエプスタイン夫人と対峙した。夫人は喘《あえ》ぎ、猛《たけ》り、スチューピドをきっと睨みつけた。

「なんなんですか、この穢《けが》らわしい生き物は？」

「アキタです」私は言った。

「それはなにかと訊いているんです」

「日本の犬です」

「ブルテリアの次は日本の犬……もう少し文明的な犬を飼おうという気はないんですか？」

「こいつが始めたわけじゃありません、エプスタインさん」ジェイミーが言った「お宅のボクサーが、こいつに襲いかかったんです」

「うちの犬のせいだと仰るの？　この恐ろしいケダモノをよく見なさい！　よくもまあ、上品な住民ばかりの界隈に足を踏み入れる気になったものだわ。あなた、あの犬がエルウッドになにをしたかご覧になった？」

全身埃まみれのスチューピドは、舌を出し、息を切らして、地面に尻をつけたままエプスタイン夫人を見つめていた。

「この件、通報しておきますから」夫人はそう言って、大股で家に戻っていった。玄関の前で立ちどまり、二匹の犬を呼び寄せる「エルウッド！　グレーシー！　しばらくこっちにいなさい！」二匹は家のなかに駆けこんだ。私に向けて、敵意に満ちた一瞥を投げつけてから、夫人はドアを閉めた。

足を舐め、乱闘で汚れた身体をきれいにしているスチューピドの方へ、私たちは身をかがめた。胸の下あたりからひとつかみの毛がなくなっていたけれど、どこにも怪我はなかった。私は感心して、犬の腹をぽんぽん叩いた。

「こいつは闘い方をわかってるな」私は言った。

「ロッコにも勝てたと思う?」

「さすがにそれは買いかぶりだ」私は言った「だが、二匹のボクサーを返り討ちにしたんだ。前途有望には違いない」

「こいつホモだよ、父さん」

「カエサルだってホモだった。ミケランジェロだってホモだったさ」

「飼えたらいいのになあ」

「母さんが怒り狂うぞ」

犬の警報システムは、私たちの行く先々で完璧に作動しつづけた。ハマー家のコリー、フローリー家のヒステリックなビーグル、ボーチャート家のドーベルマン、およそ二〇匹はいるであろう大小さまざまな犬たちが、通りの真ん中を行くよそものに向かって、両側から抗議の声をあげた。

犬たちの視線の先には、私とジェイミーに首輪をつかまれて歩くスチューピドがいる。スチューピドからかすかに漂う異国の臭いを感じとると、犬たちは恐れと怒りのために荒れ狂った。金網の塀の向こうで駆けまわる犬もいれば、車庫やポーチに退散して、空気を切り裂くような遠吠えを発する犬もいる。すると、女や子供は窓辺に駆け寄り、カーテンの裏側から不安げに外を見つめ、いったいどんな怪物がポイント・ドゥームをぶらついているのか確かめようとする。

注目を集めてご機嫌のスチューピドは、舌を出し、頭を高くあげて、スターティングゲートから飛びだす瞬間を心待ちにしている競走馬よろしく、首輪をつかむ私たちをぐいぐい前に引っぱっていった。ビゲロー家の前を通りかかったときには、栗毛色のグレートデンがフェンスに飛びつき、喘息を起こしたような鳴き声を発した。スチューピドはせせら笑い、悪辣な白い牙を光らせた。

ビゲロー家を通りすぎた私たちは、海岸へ続く鉄製の門にたどりつく前の、最後の難関に直面した。やつについて考えたり、その名を囁いたりすることさえ畏《おそ》れ多い、獰猛《どうもう》な敵役だった。けれど私たちには、やつが通りの曲がり角で、横になって待ちかまえていることがわかっていた。

敵の名はロンメル。サンタモニカのシンクタンクで幹部を務める、クンツという男の飼い犬だった。ロンメル。ベルリンから空輸された彼は、ポイント・ドゥームの犬帝国に君臨する専制君主だった。黒と銀の毛を生やしたジャーマンシェパードで、通りの突端に位置する家に暮らし、その先の海岸へ続く門の番人の役目を自らに課していた。見る者に畏怖の念を引き起こすこの犬は、ナチスの地方長官にも引けをとらないほど、よそ者や落伍者を排除することに異様な執念を燃やしていた（そしてまた、制服姿の人間には例外なく尻尾を振った）。ケーリー・グラントのように端麗で、ジョー・ルイスのように凶暴な、犬たちの上に立つ強大な王。けれど私の見たところ、そのロンメルも、いまは亡きロッコには及ばなかった。わが愛しのブルテリアは、ロンメルが舞台に躍り出る前年に、殺し屋の凶弾に斃《たお》れていた。

私たちが通りの突き当たりに差しかかると同時に、ロンメルが姿を現わした。子分たちの警報システムのおかげで、人か獣かはともかくとして、何者かがクリフサイド・ロードに闖入してきたことは承知済みだった。

心臓が早鐘を打ち、突如として私は悟った。スチューピドを海岸まで連れてきたのは、この対決のためだったのだ。ジェイミーの様子を窺ってみた。顔を紅潮させ、瞳をぎらぎら光らせている。人であれ獣であれ、迫りくる脅威に気がついていないのは、私たちのなかでスチューピドだけだった。スチューピドは視覚と同様、嗅覚にも問題があるらしい。なにしろあいつは、大きな舌をはためかせ、熊のような顔に満面の笑みを貼りつけたまま、ロンメルの方を見ようともせずに風を切って歩いていたから。

重々しい足どりで、ロンメルがスチューピドに静かに近づいてくる。音も立てずに滑らかに脚を動かし、尾をぴんと伸ばして、背中の毛を逆立てている。やつが血の凍るような唸り声を放つと、通りの「キャン」やら「アオーン」やらがぴたりとやんだ。王が口を開き、恐るべき静寂が場を覆いつくした。三〇ヤード先にいるロンメルを視界に捉えると、スチューピドは耳を立てた。首輪を握る私たちを振り払おうとしていきなり駆け出し、引きずられた私たちはたまらず手を離した。スチューピドは、目の前にいるゲルマンの好敵手とは違って、身をかがめようとはしなかった。むしろ頭を高くあげ、輪を描くふさふさの尾を尻の上で旗のようにひらめかせながら、戦いの場へ歩み出ていった。

ドッジシティのメインストリートを舞台にした、西部劇の一幕に居合わせているような気分だった。ジェイミーが唇を湿らせた。私の心臓は激しく鼓動している。私たちは結末を見届けるために立ちどまった。

最初に仕掛けたのはロンメルだった。スチューピドの喉まわりの毛に、深々と牙を立てる。けれどそれは、マットレスに噛みついているようなものだった。スチューピドは身を振りほどき、後ろ脚で熊のように立ちあがって、前脚でゲルマン野郎を攻めたてた。ロンメルもまた後ろ脚で立ちあがると、両者は互いに牙を剥き出しにした。もし、私のロッコにこんなやり方で闘いを挑んだなら、あいつはストリートファイトの作法に従い、二匹の腹をずたずたに引き裂いていたことだろう。ところが、ルールを遵守した真っ向勝負を好むロンメルは、下腹部に攻撃を加えるのをよしとせず、喉以外の場所には噛みつこうとしなかった。

ロンメルは何度か牙を突き立てたが、スチューピドをつかまえておくことはできなかった。不可解にも、スチューピドは少しも相手に噛みつこうとしなかった。歯を剥き、あごをかちかちと鳴らし、ロンメルに対抗して唸りをあげてはいたけれど、殺し合いではなく取っ組み合いをしたいのだということは、誰の目にも明らかだった。スチューピドとロンメルは同じような体格だったが、胸部はスチューピドの方がより力強く、スチューピドの脚による殴打は棍棒の一撃並みに強烈だった。

半ダースほどの応酬を繰り返しても決着がつかないので、犬たちは束の間の休息をとり、お互いをにらみ合った。用心深いロンメルは、なおも彫像のようにどっしりと立ったままだ。スチューピドはロンメルに近づき、そのまわりで円を描きはじめた。ロンメルは耳を立て、敵の行動を不審そうに観察していた。正統な闘犬のルールに則るなら、勝負は引き分けということになり、この場で決着がついたはずだった。そうすれば、二匹の獣は名誉を守ったまま引き下がれる。

スチューピドにそんな理屈は通用しなかった。二周目をまわっているとき、スチューピドは突然に、ロンメルの背中の方へ前脚を伸ばした。お見事！　前例のない、斬新にして大胆な、すばらしい計略だった。あまりに掟破りの振る舞いなので、ロンメルは事態を把握できずに固まってしまった。闘うよりも戯れようとするかのようなスチューピドの態度に、フェアプレーを信奉する高貴な犬であるロンメルは困惑していた。

こうしてスチューピドは、その尋常ならざる魂胆を明るみに出した。オレンジ色の剣を鞘から抜き放ち、ロンメルの背中に飛びかかる。ほんとうの熊のように、四本の力強い足でロンメルを押しつぶし、あるべき場所に剣を沈めようとせっせと励む。なんて手腕だ！　なんて才気だ！　私の血管のなかで血が歌った。ああ、ちくしょう、なんて犬だ！

ロンメルはうんざりしたように歯を剥いて、淫らな急襲から逃れようとのたうちまわった。首をねじってスチューピドの喉に噛みつき、尻を守るように地面にこすりつけて移動していく。いまやロンメルは、相手が邪悪な意思を持った悪魔のような怪物であることを知り、錯乱に陥りつつも全力で逃げだそうとしていた。ついに自由の身になると、尻尾をさげ、陰部を守りながら、そそくさと戦場を離れた。スチューピドがその後を、じゃれるように追いかけていく。芝地に退散したロンメルは、大地に根を生やしたように動かなくなり、よだれのしたたる牙をひけらかした。ロンメルの喉から響く音には、忌まわしすぎて闘う気さえ起こらない、不快きわまりない敵対者を遠ざけておきたいという、嫌悪と反感がこもっていた。

ロンメルは敗北し、敗走した。やつは闘いを放棄した。

「なんてこった！」私は膝をつき、スチューピドの首に腕を巻きつけて言った「ああ、なんてこった、ジェイミー！　いったいこいつは何者なんだ？」

ジェイミーはスチューピドの首輪をつかんだ。

「二度目が始まる前に、早く遠くに連れていこう」

「二度目なんてあるもんか。ロンメルはもう終わりだ。形なしだよ。ほら、見ろ！」

ロンメルは、尻尾を両脚のあいだにしまいこみ、クンツ家の私道を歩いて車庫の方を目指していた。

「ねえ、行こうよ」ジェイミーが言った。

「うちで飼うぞ」

「だめだって。母さんと約束したんだろ」

「俺の犬だ。俺の家だ。俺が決めたことだ」

「よそのうちの犬だって言ってたじゃないか」

「これからの話をしてるのさ」

「面倒なことになるよ。こいつ、頭おかしいもん」

「自分の流儀を持った闘犬だな。拳を使わずに相手を倒す」

「父さん、こいつは闘犬じゃないって。ただの強姦魔だ」

「うちで飼うぞ」

「ねえ、理由を説明してよ」

「お前に説明することなんてなにもない」

スチューピドを真ん中にして、界隈の犬たちから罵声の集中砲火を浴びながら、私たちは来た道を引き返していった。自分がどうしてスチューピドを飼いたいのか、私にはちゃんとわかっていた。厚かましいほどに明快な理由だった。けれど、それを息子に話すわけにはいかなかった。もし話せば、私の面目は丸つぶれだ。それでも、自分に向かってなら話せるし、なにも遠慮することはない。私は敗北と挫折に飽き飽きしていた。勝利に飢えていた。私は五十五歳で、視界には勝利どころか、闘いの姿さえなかった。敵たちも、もはや闘いへの興味をなくしていた。スチューピドは勝利だった。私には書けなかった本であり、行けなかった場所であり、けっきょく買えなかったマセラティであり、私が渇望した女たちだった。ダニエル・ダリューであり、ジーナ・ロロブリジーダであり、ナディア・グレーだった。私の脚本を血が出るまでずたずたに引き裂いた能なしどもに対する、劇的なる勝利だった。有名大学に進学し、世界に豊かな貢献を果たす学者になるだけの知性を備えた、偉大な息子という夢だった。おそらくスチューピドは、わが愛しのロッコと同じように、いつ終わるともしれない日々の傷や痛み、少年時代の貧しさ、青年時代の絶望、未来で待ちうける寂寥《せきりょう》を癒やしてくれる。

スチューピドは犬であり、人間ではなく動物だけれど、いつか私の友となり、私の頭を誇りと慰みと愚かしさで満たすだろう。スチューピドは、私とは比較にならないほど神に近い。読めなくても、書けなくても、そんなことは問題じゃない。あいつは社会に溶けこめず、私は社会に溶けこめない。私は闘い、そして負ける。あいつは闘い、そして勝つ。尊大なグレートデンも、誇り高きジャーマンシェパードも、みんなまとめて叩きのめし、ついでに一発かましてやる。そうして私は、立ちあがる力を取り戻すのだ。

6

私たちが帰ってきたとき、ハリエットはちょうど、日々の実りである請求書を郵便受けから刈り取っているところだった。犬を視界にとらえると、あんぐりと口を開け、それから瞳に怒りをたぎらせた。

「エージェントに電話して」ハリエットは吐き捨てるように言った。

そのほかに、なんの説明もなかった。門を通って玄関に向かい、家のなかに入るまで、一度もうしろを振り返らなかった。私とジェイミーはスチューピドを裏庭に連れてゆき、ロッコの置き土産である馬肉の缶詰を食わせてやった。一缶あたり四〇セントの缶詰をがつがつと四個も食らい、それでもまだ腹を空かせている様子だった。

「こいつの面倒を見るのは無理だよ」ジェイミーが言った「父さん、もうずっと働いてないじゃないか」

「主《しゅ》が糧《かて》を与えてくれるさ」

缶詰をもう一個開けてやってから、エージェントに電話するため家に入った。ハリエットはキッチンのテーブルで、バーナード・ショーの著作に囲まれていた。私がダイヤルを回しているあいだ、一度も顔を上げなかった。

エージェントは電話口で、良い話があるのだと言った。ユニヴァーサルのジョー・クリスピが、私に会いたがっているらしい。クリスピと私は古い友人同士で、もう何年も前にコロンビアでいっしょに仕事をしたことがあった。この日の午後三時に会えないかという話だった。大丈夫だろうと私は答えた。

「それで、どんな用件だ?」私は訊いた。

「トップシークレットだよ」エージェントが言った。それはつまり、この界隈で活動するすべての作家とエージェントにとって既知の事柄だということだった。

「テレビか? それとも映画か?」

「電話ではなにも言えないんだ」エージェントが言った「秘密は守ると、固く誓ったからね」。それはつまり、テレビの仕事だということだった。けれど、別にどうでもよかった。なにはともあれ、金を稼ぐのが先決だ。報酬さえ正当なら、センチュリープラザホテルの前でジョー・クリスピにひれ伏したって構わなかった。

ひげをそり、シャワーを浴び、作家の身なりを整えるのに一時間近くもかかった。カシミアのスポーツジャケットの下には、チェックのヴェストまで着込んでいる。家を出る前にキッチンを覗いたけれど、ハリエットの姿はなかった。犬の件で腹を立て、私を避けているのだ。私は妻の名前を呼びながら、二本の廊下を行ったり来たりした。最後にたどりついたのが、ぴたりと閉ざされたバスルームの扉の前だった。ノックしてみた。

「ハリエット?」

返事はない。けれど、中にいることはわかっている。私はもう一度ノックした。

「なに?」ハリエットが言った。

「出かけるよ」

沈黙。

「出かける前に、例の件について話そうか?」

「私のことは放っておいて、早く出てってもらえるかしら? いま、便器に坐ってるの」

また後でと告げてから、ガレージに向かった。ジェイミーがバスケットゴールにシュートを放ち、スチュービドは芝生の上で眠っていた。早くも家族の一員のような風情を漂わせ、草や木と調和しながら、暖かな一月の午後に溶けこんでいる。ポルシェをバックさせてガレージから出ていくとき、なんとなく頬がさみしいことに気づいた。普段、ハリエットが別れのキスをしてくれるところだ。四半世紀にわたって、別れのキスは私たちの生活の一部を形づくってきた。ロザリオの珠《たま》が欠けているのに気づいた修道士のように、頬から欠けたキスが恋しかった。

ユニバーサルまでは四〇分の距離だった。海に臨む山沿いの道をかっ飛ばし、マリブキャニオンを経由して、ユニバーサルシティへ続く高速に乗る。家庭の状況を思うと気もそぞろだった。ハリエットの態度には、不吉な前兆を感じずにいられなかった。妻はたいてい、素直で、従順で、すぐに怒りを鎮めてくれた。けれど、妻の我慢にも限界がある。そして、ついに一線を越えたとなると、私を罰するために家を出ていってしまうのだ。

そういうことが過去に二度あり、いずれのケースにも動物がかかわっていた。結婚して一年目、私たちがサンフランシスコに暮らしていたころ、私は白ネズミをペットにして飼おうと思い、ケージに入れてアパートに連れて帰った。ネズミはソファのスプリングのなかに脱走し、それきり出てくる気配がなかった。ソファからネズミを取り除くのに、ハリエットは一時間の猶予を与えてくれた。私がネズミの確保に失敗すると、ハリエットは荷物をまとめて家を飛びだし、グレーハウンド社の長距離バスに乗って、グラスバレーで農場を営む叔母のもとに身を寄せた。私が妻を連れ戻したのは一か月後だった。グラスバレーまで車を走らせ、妻の叔母が見ている前でひざまずき、頼むから帰ってきてくれと懇願しなければならなかった。最終的には、私の願いは聞き入れられた。ただし、婚姻契約を全面的に改定することが条件だった。あのころ私は、まだ若く、愚かで、妻を愛するあまり一日に三度もアレに励み、自らの体面を汚すことに喜びさえ感じていた。

その十年後、ハリエットのシャム猫が、私にとって一匹目のブルテリアであるミンゴに食われた。子供と猫と犬でごった返す家に私を置き去りにして、ハリエットはまた出ていった。ふたたびグラスバレーを舞台にして、手紙と電話による交渉、提案、逆提案を積み重ね、打ちひしがれた失意の夫という退屈な役回りを演じた末に、ようやく新たな協定が結ばれた。呑まざるを得なかった条件のひとつが、ミンゴの放逐だった。それは残酷な要求だったが、妻に股間を握られているも同然だった私は、ブルテリアの交配を手がける親切な老ブリーダーがいる、ターザナのオレンジ畑へミンゴを連れていった。そこは、ミンゴの血を継ぐわが偉大なるロッコが生まれた土地でもある。

今度もまた、妻はグラスバレーへ飛び立とうとしている。私にはそう思えてならなかった。すでに兆候は感知していた。磁器のように冷ややかな笑み、固く引き結ばれた口元、バスルームでの沈思黙考、獣じみた激しい敵意。けれど、歳月とともに私は変わり、価値観を更新させていた。なるほどたしかに、犬は好ましく愛らしい生き物である。けれど犬にアイロンはかけられないし、フェットゥッチーネもチキンマルサラも作れないし、もちろんバーナード・ショーの論文など書けはしない。それに、犬の足に黒のストッキングをはかせたところで、救いがたく滑稽に映るだけだろう。ユニバーサルの駐車場に車を停めるころには、スチューピドを追い出すことを心に決めていた。

ジョー・クリスピとの約束の時間までまだ一〇分あったので、私は電話ボックスに駆けこんで自宅に電話をかけた。

デニーが出たので、母さんに代わるように言った。

デニーは言った「ねえ、父さん、なにかやらかしたの？」

私は息子をどなりつけた。

「黙れ、余計なお世話だ。いいから俺の妻に代われ」

息子が電話口に戻るまで、一分以上かかった。

「風呂に浸かってるところだけど」

「大事な話だと伝えろ」

またしばらく間が空いた。

「父さんとは別れるってさ」

「だから電話してるんだ。犬は出ていくと言え。俺が家に戻ったらすぐに追い出す」

デニーは三分ほど電話口を離れ、そのあいだに私は二五セント硬貨をもう一枚電話に入れた。

「父さん、だめだ。父さんの言葉は信じないって言ってる」

私は唸った「それで、どうする気だ？　またグラスバレーか？」

「だろうね。サクラメント行きの七時のフライトを予約してた」

「母さんをとめろ！　考え直すように説得するんだ！」

「言われなくてもやってるって。母さんがいなくなったら、俺の学期末レポートはどうなるんだよ?」

「どうにかして引きとめておけ。俺はできるだけ早く帰る」

受話器を置くと、あたりはグラスバレーの熱気に包まれていた。汗が噴き出し、足がふらつき、私はそのままジョー・クリスピがオフィスを構えるCビルディングまでの一区画を歩いていった。十二指腸に古傷の痛みを感じる。プロデューサーに会う前にいつも私を悩ませる、刺すような痛みだった。

けれど、今回の痛みはジョー・クリスピとは無関係だとわかっていた。ハリエットが出ていく光景や、家に連れ戻すための途方もない努力を想像して、傷跡が疼《うず》いたのだ。私はもう、駆け引きに臨む気にはなれなかった。そんな真似をするには、くそいまいましいほどに老いすぎていた。ふたたびグラスバレーを巡礼し、九十歳になるよぼよぼの叔母と再会し、一八九〇年代に設計された叔母の家の客間にお邪魔して、いまだに私を「イタ公の坊や」と呼ぶ町民たちが暮らす界隈をうろつくくらいなら、むしろこめかみをピストルでぶち抜きたかった。私は祈りの文句を唱えた「サン・ジェンナーロよ、神の名のもとに、どうか私をお救いください」

Cビルディングの正面に、一万ドルはしそうなメルセデスのクーペが停まっていた。赤革の張られた車内から、感じの悪い小型のフォックステリアが吠えかかってきた。世界は自分のものだと信じている、裕福で鼻持ちならないちゃちなメスだ。私は車に近づき、犬に向かってベろを出してやった。犬はわずかに開いた窓から獰猛なあごを押し出し、気が触れたように吠えまくった。私は狙いを定めて犬の顔に唾を吐きかけ、こいつの飼い主がジャクリーン・スーザンでありますようにと祈願した。

最後にジョー・クリスピに会ったのは七年前、失業手当を受け取るために、二人してサンタモニカの州庁に通っていたころだった。クリスピはその後、テレビ番組の大当たりを三回、心筋梗塞を一回経験し、いまでは億万長者になっていた。だいぶ体重が増えたようで、浅黒いシチリア風の顔を下あごが縁どっている。在りし日の温かな交流を取り戻すには、語るべき事柄があまりにも多く、あまりにも少なかった。クリスピは私の妻の名前さえ忘れており、「奥さんのヘイゼル」などと言っていた。

仕事一徹の人間にふさわしく、クリスピはすぐに本題に入った。つい先ごろ、新シリーズのパイロット版を完成させたとのことだった。ジャンルはコメディだ、正真正銘の人間喜劇だ、きみの資質にぴったりの仕事だと思う、とクリスピは言った。すでに番組にはスポンサーがついており、全二十六回の放送になる予定だった。

「きみが望むだけ、何回分でも担当してくれて構わない」クリスピは言った「スケジュールはどうなってる？　つまり、いまはなにか仕事を抱えてるのか？」

自分は暇であり、すぐにでも執筆に取りかかれると私は答えた。

「最高だ」椅子から立ちあがりながら、クリスピは言った「いまから映写室に行こう。きみのために、パイロット版の上映を準備しておいたんだ」

「その前に、軽く番組の内容を説明してくれ」

「まずは映像を見たらいいさ。それからゆっくり話そうじゃないか。見る前に先入観を持ってほしくないからね」

自分のためにわざわざ上映の労をとってもらったことにたいして、私は感謝を伝えた。

「いいんだよ。作家と仕事するときはいつもこうしてるんだ。カードはテーブルに並んでる。いんちきもごまかしもなしだ」

ジョー・クリスピはこういう男だった。かつてはペンシルベニア州の炭坑で働いており、やがてイタリア系の坑夫たちの貧困と絶望を描いた小説を発表し、その後は映画の制作に携わるようになって、港湾労働者やプロボクサーやギャングが登場するフィルムを手がけていた。外見も文体も重厚で隙がなく、つねに誠実であろうと努めている。クリスピがコメディのシリーズを準備しているというのなら、それはこの男が自分のことのように知っている粗野で無骨な人びとの物語、つまりは、イタリア人、ポーランド人、黒人たちの物語に相違なかった。

私はクリスピに案内され、二フロア分の階段を下りて映写室に向かった。どんな状況になろうと、パイロット版を気に入ることにしようと心に決めた。私には明日のパンと、人気番組の恩恵にあやかるチャンスが必要だから。

クリスピが映写室のドアを開け、私たちは中に入った。そこは定員五〇名ほどの小さな部屋で、室内の様子を把握するなり、私はひどく動揺した。座席はすべて埋まっており、後方と両脇の壁にも人垣ができている。作家たちだ。言うまでもなく、若い作家だ。流行のファッションに身を包み、たいていが長髪であごひげを生やしている、プリンストンやダートマス、はたまたニューヨークの作家たちだ。女性作家の姿もある。女優にだってなれそうな、シックで魅力的な女たち。いちばん年長のぽんこつが私だった。クリスピと私を除けば、そこにいる全員が三十歳以下で、物静かで、熱意ある若者だった。耐え難かった。クリスピは、作業机が設えられた特別席に腰かけた。机からはワイヤーが伸び、電話や映写室の電子機器とつながっていた。

照明が落ちるにつれ、十二指腸から酸が噴き出す。その場から逃れるよう、昔日の潰瘍《かいよう》が警告を発している。出入り口のそばで立ち見をするため、私は暗闇のなかを手探りで進んだ。スクリーンがまたたき、私のために準備されたという上映が始まった。

物語の進展に伴い、私の腸はもつれた釣り糸のように絡まっていった。シリーズのタイトルは「ラッキー・ピエール」、そして、ああ、信じがたいことに、主人公は犬だった、ピエールとかいうちんけなフレンチプードルだった。ご主人さまは十四歳のメリンダという少女で、ウォールストリートで銀行家をしている父親と、抑圧的でスノッブな母親といっしょに暮らしている。浅ましいほどに下らない内容に録音笑いが重ねられているのだが、実際にはこれは必要なかった。というのも、プロデューサーに媚びへつらうのをよしとする作家たちが、あらゆる場面、あらゆる台詞に大爆笑していたから。

ジョー・クリスピの炭坑夫としての出自から生まれたとしか思えない、生《き》のままの、圧倒的な脚本だった。メリンダとママとパパは、ボーイング747に乗ってパリからの帰途につく。メリンダは愛くるしいピエールをトートバッグに入れて、乗客にも乗務員にもわからないよう、こっそり機内に持ちこんでいる。飛行機が大西洋の上空を通過しているとき、キューバ人と言われても誰も疑わないほど色が黒い二人のハイジャック犯が飛行機を乗っとり、乗客の悲鳴と映写室の作家の哄笑が響きわたるなか、ピエールがバッグから飛びだしてくる。たぶん自分は、吐くか死ぬかするだろうと私は思った。嫌な臭いを放つ蒸気が食道をせり上がってくるのを感じ、慌ててドアを開けて外に出た。

食堂の外にある煙草売り場で胃薬の「タムズ」を二箱買って、それから車へ向かった。一箱目を口に放りながら高速を走るうち、カラバサスに差しかかった。まだ五時過ぎで、ハリエットが空港へ出発する前に家に帰るには、充分な時間の猶予があった。潰瘍はすっかり落ち着きを取りもどし、私は思い切って煙草を吸ってみた。けれど、ガレージへ続く私道に入っていくとき、また痛みがぶり返してきた。

デニーがハリエットの荷物を自分の車に積みこんでいる。

「遅すぎる」家のなかへ急ぐ私を見送りながら、デニーが大きな声で言った。

ハリエットは化粧着姿で鏡台の前に坐り、マニキュアを塗っていた。バスタブから立ちのぼる湯気が窓を曇らせ、バスオイルと香水の肉感的なアロマがあたりに漂っている。私はハリエットに飛びかかりたくなった。けれど、私とじゃれ合う気はさらさらないということを、妻の眉根に寄った皺が告げていた。

「じゃあ、出ていくんだな」ベッドに腰を下ろしつつ、私は言った。

「ご明察よ。さようなら」

「どうしてだ？　きみの望みどおりになったじゃないか。犬は出ていくんだぞ」

返事はなし。

「たぶん、犬は関係ないんだろうな。たぶん、原因は僕なんだ」私は認めた「この一、二時間、自分の心と向き合ってみた。そうしたら、愉快とは言いがたい事実に行きついたんだ。僕はだめな夫だ、ろくでもない父親だ、家族を満足に養うこともできない人生の落伍者だ。きみが出ていくのも当然さ。きみは僕にうんざりしてる、僕のさもしい遣り口に嫌気が差してる。見た目だってひどいもんな。何日かサンフランシスコで過ごして、美男子を捕まえて、愉しみに耽ってきたらいい。いいセラピーになるよ、きみにも人生を楽しむ権利があることを、神はちゃんとわかってくれてる」

鏡越しに私を見ている妻の表情が、だんだんと和らいでいった。

「私が考えなおしたら、ひとつ約束してくれるかしら」

「どんなことでも」

「あの犬を家のなかに入れないで」

「犬は出ていく。もう、この家に寄りつくこともないよ」

「追いだしてほしいわけじゃないの。あなたには犬が必要なのよ。ロッコが死んでからというもの、あなたはもう、昔のあなたではなくなってしまったから」

「家に残るんだな?」

「出ていけるはずないわ。来週までにショーの論文を仕上げなきゃ、デニーは落第よ」

ハリエットは立ちあがり化粧着を脱ぎ捨てた。わお! ガーターベルトに、黒い伸縮性のビキニショーツという出で立ちだった。ショーツは黄色のフリンジに飾られ、黄色のバラが生地から浮き出ていた。ウェストバンドは黒のサテン生地で、そこにもたくさんのバラがあしらわれている。そしてもちろん、ストッキングの色も黒。

「ああ、くそ、これは夢か?」私は言った。

ハリエットは私から離れていって、ドアを閉め鍵をかけた。私はベッドに腰かけたまま、甘く波打つ妻の尻を見つめていた。自分の体がギターになって、激しく弦をかき鳴らされている気分だった。潰瘍の痛みは消えていた。

8

スチューピドはまったく手がかからなかった。二つある門の両方を開けっ放しにしておいても、けっして外に出ていかないので、庭で飼ってもなんの問題もなかった。屋外で暮らす方が性に合っているらしく、雨が降ろうがどうしようが、芝の上で気持ち良さそうに眠っていた。私たちがガレージに用意してやった寝床を使うことは滅多になかった。

寒冷な土地に生まれたせいなのか、雷が鳴ったり気温が下がったりすると、スチューピドはがぜん元気になった。反対に、気温が二五度を越えようものなら、蔦《つた》や木の下で丸くなるのが常《つね》だった。

私はいちおう、スチューピドの飼い主を探そうと試みた。探すといっても、規模の小さな地元紙に広告を載せただけの話で、それはいわば、良心に言い訳を用意するための、形ばかりの身振りでしかなかった。広告には、雄の大型犬を見つけたので、飼い主は名乗り出てください、と記しておいた。ロサンゼルス・タイムズのような、南西部の全域をカバーする大新聞はあえて避けた。一週間ほど掲載してもらったあとで、私は広告を取り下げた。そして、スチューピドの鑑札《かんさつ》を購入し、狂犬病とジステンパーの予防接種を受けさせた。

鑑札を発行した職員は、「純血のアキタ」と書類に記入していた。注射を打ったオックスナードの獣医師はマラミュートとアキタの混血だと言い、獣医の助手はチャウチャウとアキタのハーフだと推理していた。

私の見解を述べるなら、スチューピドは純血のアキタだった。以前、ドッグショーで同じような犬を見たことがあるのだ。吊り目、水かきのついた足、この種に特有のふさふさの尻尾。ドッグショーで見たアキタに、スチューピドはぴったりと重なった。

どこからどう見ても、スチューピドはよそものだった。ワスプの隣人に囲まれて適応に苦労するよそものと同じように、アングロサクソン系の犬からは蔑《さげす》まれ、ドイツの犬種からは憎悪の眼差しを向けられていた。雑種とはうまくやっていたものの、雄と見ると例外なく飛びかかった。スチューピドは雌を嫌悪していて、雌が自分に発情しようものなら容赦なく懲らしめた。エプスタイン夫人のグレーシーは、スチューピドに恐怖を抱いていた。一度目の出会い以来、私はグレーシーの姿を見ていなかった。けれど、エプスタイン家の裏手で吠えている声はちょくちょく聞こえた。当然ながら、エプスタイン夫妻は私たちを避けるようになった。ショッピングカートを押してスーパーの通路ですれ違う際には、お互い目を合わせないように心を砕いた。

ポイント・ドゥームでは、犬たちは自由に外を出歩いていた。発情した一匹の雌を追って、野放図な雄の集団がわが家の前をぞろぞろと通りかかると、スチューピドは庭から出て雄たちを追い払い、一対一で雌と向き合う。雌は媚態を示しながら、早足で近づいてくるスチューピドを待ち受ける。スチューピドはそんな雌を叩きのめし、雌が困惑して逃げ出すまで無慈悲にも攻めたてる。こうして雌犬は、生涯にわたって消えることのない心の傷を負うのだった。

スチューピドの社会的不適応にかんして、私は二つの仮説を立てていた。はじめに、スチューピドがまだほんの仔犬だったころ、乳離れの時期まで遡って考えてみよう。大柄のスチューピドには、九匹だか十匹だかの兄弟や姉妹がおり、みんなスチューピドより力が強く、そのせいで授乳の時間には、スチューピドのための乳首がひとつも残っていなかった。ほかの仔犬が満腹になってから、ようやく自分が咥《くわ》えられる乳首を見いだすものの、そのときすでに母犬はお乳《ちち》を出しきっているか、なにもかもが嫌になっているかして、スチューピドを撥《は》ねつけてしまう。

こうした幼年期の仕打ちに怨みを抱いていたスチューピドは、長じてから、とりわけ思春期において、母の拒絶をくよくよと思いかえし、ついにはあらゆる雌に憎しみを抱くようになったのだった。

あるいは、親子関係に起因する問題とは無縁のまま成犬になったけれど、はじめての交尾で災厄に見舞われたとも考えられる。そのときの相手は不感症のグレートデンか、はたまた、犬種はともかく屈強な雌犬で、スチューピドを拒むばかりか、力任せにぶちのめしさえしたのである。

加えて、出自の問題も考慮に入れるべきだろう。私はスチューピドが日本生まれだと確信していたが、純血のアキタという判断が間違っていることは有り得る。ひょっとしたら、母犬はジャーマンシェパードかもしれない。その場合、東洋とドイツの文化の衝突が、想像を超える遺伝的紛糾を引き起こした可能性はないだろうか。ガソリンに酒《サケ》を混ぜるようにして、ドイツ人の闘争性と東洋人の狡猾さが組み合わさり、予見不能な融合が生じたというわけだ。相異なるこれらの要素は、いっとき平和に共存することもあるだろうが、いつかはかならず破局を迎える。

犬と心を通わせる方法は、相手が人間の場合と変わらない。二週間も過ぎたころには、スチユーピドは私のことを、食事を用意してくれる存在と見なすようになっていた。こうして、スチユーピドは私の犬になった。

私には犬が必要だった。犬は生の循環を整えてくれる。ぶらぶらと庭をうろつく、生き生きと人懐こいスチユーピドが、同じ庭に埋められたほかの犬たちの代わりになる。私にはわかるような気がした……生きている犬も死んでいる犬も、私の友だちだったやつらはみんな、この庭に集まっている。そのことに意味があった。私の両親は、ここから北の方角にある墓地に眠っていた。そして私は、いまもポイント・ドゥームに暮らし、二人を包みこむカリフォルニアの大地の、同じ土の上を歩いている。そのことも、私にはちゃんとわかっていた。

夜半、パイプをくわえて外に出て、スチユーピドから星々へ視線を移す。そこにはなにかつながりがあった。私はこの犬が好きだった。コロラドで過ごした少年時代も、よく犬の隣に腰かけて、同じ星空を見上げていた。私にとってスチユーピドは、少年時代の再来だった。スチユーピドにいざなわれ、私は教理問答《カテキズム》のページへ舞い戻っていった。「神とは誰ですか?」神とは天国と、地上と、万物の創造主です。「神はどこにでもいるのですか?」神はどこにでもいます。「神は私たちを見ていますか?」神は私たちを見て、守ってくださっています。「神はなぜ私たちを創ったのですか?」神は、私たちがこの世で神を知り、神を愛し、次の世で神と幸せに過ごすために、私たちをお創りになりました。

スチュ一ピドといっしょに芝生に腰を下ろしていると、そうした言葉すべてを信じたくなってくる。ときおり、スチュ一ピドが立ちあがって、隣に坐っている私の肩に前脚を置き、自分のアレをぶちこもうとしてくることがあった。なら、こいつは私が好きなのだ。ほかにどんな方法で、それを表現できるというのか。犬に詩を書けと? バラを集めろと? 肘打ちを食らわせてやれば、スチュ一ピドはおとなしく地面に下りる。ロッコも私のことが好きだった。あいつはそれを、私の靴を噛んだり、私の持ち物をずたずたにしたりすることで表現した。シャツやら、靴下やら、帽子やら、あるいは悲しいことに、ゴルフクラブのグリップやらが、ロッコの牙の犠牲になった。けれど、ロッコは社交的なやつだったし、雌犬に目がなかった。対するスチュ一ピドは雌とうまく関係を築けず、そこがまた私には愛おしかった。

犬のおかげで私の生活は好転した。スチュ一ピドがわが家にやってきてから一か月後、私は小説を書きはじめた。これ自体は、少しも特別なことではない。映画の仕事にあぶれているあいだ、私はいつも小説を書きはじめるのだ。ところが、信頼と忍耐の欠如により、小説は次第に痩せ衰えていく。最後には決まって、私は執筆を放りだし、解放感を味わうことになる。

　映画の脚本を書く方が、よほど簡単で実入りの良い仕事だった。ただひとつ重要なのは、俳優の動きをとめないことだ。あとは、深みのないシナリオを書き散らすだけでよかった。形式はいつだって「セックス・アンド・バイオレンス」と決まっている。完成した原稿は作家の手を離れ、ばらばらに切り刻まれてから、フィルムに移し替えられていく。

　一方で、いざ小説を書くとなると、恐ろしい責任が作家の肩にのしかかってくる。そのとき作家は、たんに作家であるばかりでなく、スターであり、すべての登場人物であり、さらには監督やプロデューサー、カメラマンでもある。もし、自分が脚本を提供したフィルムが失敗作になったとしても、監督をはじめ、たくさんの人間を悪者にできる。けれど小説が転《こ》けたなら、責めを負うのは作家ひとりだ。

　瓦解の徴候もなく一万五千字まで書き進めたところで、家族から逃げだしたいというおなじみの衝動が湧きあがってきた。書きかけのページが歌っている。ひとりになれたらどんなにいいか。ふと気づくと、私はローマに思いを馳せ、彼の地にハリエットも連れていってはどうかなどと妄想していた。ローマに行くには、まずはポイント・ドゥームの屋敷を売却する必要があるだろうが、それは子供たちを厄介払いしないかぎり無理な相談だった。スチューピドにかんして言うなら、あいつがローマを気に入るとは思えなかった。向こうでは、飼い犬に口輪をかけることが法律で決まっているのだ。なんにせよ、ローマでスチューピドといっしょにいる自分は想像できない。この土地から逃げだす算段がついたら、もうスチューピドは用済みだ。子供がいなくなり、家も売って、たっぷりの札束をポケットに突っこんだとき、私は晴れて自由の身になる。

夢を描き計画を練るほどに、将来の展望からハリエットの影が薄れていった。どのみち、ハリエットがローマを好きになることはありそうもない。友人たちから引き離され、言語と異文化の壁に隔離された生活に、妻はうんざりするだろう。そもそも、ハリエットはもう、イタリアにまつわるあれやこれやになんの愛着も抱いていなかった。さんざん考えた末に、私は決めた。仕方がないから、サンタモニカでマンションの一室を借りて、ハリエットにはそこで暮らしてもらおう。そうすれば、私はナヴォーナ広場を目指して旅立ち、新たな人生に飛びこんでいけるから。

9

バーナード・ショーをめぐるハリエットの闘いは、苦い結果に終わった。成績はBだった。プライドを打ち砕かれた気分だったが、それでも舞台芸術学科の及第点には達していたので、デニーはシティカレッジを卒業できることになった。

成績表が郵便受けに届いたのは、暑くて陰気な二月の午後のことだった。空はサンタアナの燃えるような烈風に息を詰まらせ、大気は暑さのあまり電荷を帯び、木々はいまにも燃えだしそうにぱちぱちと音を立て、海は凪《な》いで呆《ほう》けていた。暑さと成績表のせいで意気沮喪《いきそそう》したハリエットは、アルコールに救いを求めた。私は妻に同情し、ともにグラスを傾けた。私も妻の論文には目を通していて、格調高く明晰な議論が二〇ページにわたり展開されていることを知っていた。災難の原因は、まさしくそこにあった。ハリエットの論文は、デニーのような屑《くず》が書いたにしては、あまりにも高尚に過ぎたのだ。

私と妻は、すべての窓が開け放たれたキッチンの椅子に腰かけ、闘技場のライオンのごとく唸りを上げる満ち潮に耳を傾けつつ、よく冷えたシャブリを日暮れまで啜っていた。庭では、疲弊しきった松林のあいだを熱風が吹き抜けていく傍らで、分厚い毛皮に拘束されたスチューピドがせわしなく動きまわり、だるそうに息を切らしていた。私たちは炭酸水でも飲むかのように冷たいワインを胃に流しこみ、体内にアルコールを充満させていった。

「教務に話をつけに行くわ」捨て鉢な口調でハリエットが言った「あのローパーとかいう男は、卑劣で陰険な似非《えせ》学者ね。これはデニーへの嫌がらせよ」ハリエットの口のなかに、ワインがどばどばと注ぎこまれる。「電話帳を貸して！　教務の番号を見つけるのよ！」

「教務はもう閉まってる。どうにもならないよ」

「なら、学校に乗りこんでやろうじゃないの」ハリエットはすごんでみせた「ローパーに、ひとこと言ってやらなきゃ気がすまないわ。私には説明を受ける権利がある」

「もし行くなら、ひとりで行った方がいい」私は助言した「デニーを連れていくのはよせ。バーナード・ショーについて、ローパー先生があいつに質問でもしたら、ばつの悪い思いをするのはきみだからな」

その場面を想像して、ハリエットはいくぶんか酔いを醒《さ》ました。

「ああ、もう」妻がうめいた「私はがむしゃらになってあの論文に取り組んだ。持てるすべてを捧げたのに」

ハリエットがレンジの前に行ってオーブンを開けると、そこではラザニアが、ハーブとトマトソースの食欲をそそる香りに包まれて、ぐつぐつと音を立てていた。それから、野菜の入ったボウルの方へ向き直り、木のスプーンでサラダを軽くかきまぜる。この日の晩は珍しく、夕食の席に家族全員が集まることになっていた。なお、ここでいう「家族」にはリック・コルプも含まれている。

こうした特別な日を除けば、キッチンはいつも、めいめいが自分の好きなように食事をとる「DIY調理場」に変貌した。そうなるのも仕方のないことだった。目を覚ます時間がみんなばらばらで、夕食の席にかならず現れるのは私とハリエットだけだったから。

そうしたわけで、ハリエットはいつしか、日々の食事の用意をやめてしまった。代わりに、冷蔵庫のなかを調理済みの惣菜で満たし、ほかの家族は自分のタイミングでそれを食べるようになった。一見すると、労力の節約になるやり方にも思えるが、実態は違った。なぜなら、誰ひとり皿を洗わず、食卓を片づけず、それについて不満を並べたり、なにかルールを決めようとしたりしても、なんの益もなかったから。汚れた皿も、散らかった部屋も、寝室も、洗濯物も、請求書も、いつだってハリエットが片づけなければならなかった。火曜日だけは家政婦がやってきて、窓ふきをはじめとする、よりいっそう負担の大きい家事を担当してくれたものの、それ以外の日はハリエットが家政のすべてを取り仕切っていた。

時計に視線をやってから、私は別のボトルのコルクを抜いた。もう七時前で、子供たちは約束の時間に三〇分遅れていた。けれど、不平を言ったところでむなしかった。いつものことなのだ。私たちは、いまにも電話のベルが鳴るだろうと待ちかまえている。そうして、ドミニクかデニーかティナが、食事に遅れることを知らせてくる。あるいは、夕食には戻らないと、平然と言ってのけることもある。それもまた、いつものことに違いなかった。

悲観的な静寂のなかでワインを啜っていると、忍耐が限界に近づいてきた。胸に重くのしかかる話題、すなわち、子供たちの自立という話題を、これ以上どうやって避けたらよいのか？　けれどそれは、いまや陳腐に過ぎるテーマだった。私たちはもう何年も、この話題をこねくりまわし、引きずりまわし、自らを憐れみ、自らの過ちをほじくり返してきたのだから。

けれど、アルコールに舌を浸しているとき、とくにそれがワインだった場合、ハリエットと私は、時おり二人で興じている残酷な遊戯をとおして、脳を覆う霧を振り払うことができた。

「デニーってほんとうに、分析的な思考力に長けていると思わない？」妻の言葉は、ゲーム開始の合図だった。私は喜んで受けて立った。

「あいつは天才だよ」私は答えた「非凡としか言いようがないね」

「家族から俳優が！」ハリエットは満足げに微笑んだ「なんて素敵なのかしら」

「素晴らしいよ。第二のフランキー・アヴァロンだ。むしろジャッキー・クーパーかもな」

「デニーはひどく感じやすくて、ほんの些細な厚意にも感謝せずにいられないでしょう？私はあの子のそういうところが、愛おしくて仕方ないの」

「きみの言いたいことはよくわかる」私は言った「それこそあいつの最良の美点だ。でもな、ちょっと考えてみてくれ……そうした美点は、僕らの子供全員が持ち合わせているじゃないか。家庭に対する敬意も、父と母に対する敬愛も」

「舞台芸術学科の卒業をお祝いして、なにかプレゼントを贈りたいわね」

「なにしろ見事な論文だったからな。家を抵当に入れて、ベントレーを買ってやるのはどうだ？　役者にぴったりの車だよ。デニーに箔をつけてくれるはずだ」

「受けとらないに決まってるわ。あの子はティナと同じで、いつも自分のことは二の次だもの」

「ああ、あのティナときたら！」私は微笑みを浮かべた「リック・コルプは、最高の妻を娶《めと》ることになるだろうな。家計も料理もお手の物だ！　なあ、信じられるか？　あの子は家事にまつわるあれこれを、まさしくここで、母親の手伝いをしながら身につけたんだぞ」

「ティナは優秀な教え子だった。お皿を洗うにしても、床を磨くにしても、壁や窓を拭くにしても、あんな献身的に取り組む子は見たことがない。働くのが大好きなのよ。細かいところまでよく気がつくし、いつもさっぱりと清潔にしてるわよね」

「言われなくてもわかってるさ。朝方、ティナの寝室を覗いたことがあるんだ。あれこそ清潔のショールームだ。タオルだって、脱ぎ捨てられた服だって、床の上には影も形もない。ああ、まったく、リック・コルプはなんて幸運な男なんだ！」

「あんなにお似合いの二人も珍しいわ。趣味も性格もぴったりよね」

「二人とも自然児だからな。あちこちのビーチを渡り歩いて、リックはサーフィン、ティナは家事に精を出す。ムール貝とリッツのクラッカーがあいつらの主食で、世の中のことは気にもかけない」

「子供が生まれたら、キャンピングカーのハンモックに吊るすのかしら」

「僕たちがいるじゃないか」私は不服を唱えた「赤ん坊の面倒は、僕たちが見ればいいだろう？」

ハリエットはため息をついた。「私たちの孫……昔のように、この家を笑い声で満たしてくれるのね！」

「でも、ほんとうに大丈夫か？　おむつやらなんやら、手がかかって仕方ないぞ」

「ちっちゃくてかわいい赤ん坊のお尻。私、大好きよ」

「ああ、ハリエット！　いつか、ほんとうに、孫を抱ける日が来るだろうか？　そのときこそ、生涯の夢が成就するんだ。老年を過ごす最高の方法だよ。生のサイクルを一からやり直して、家じゅうを駆けずりまわるチビどもをまた育ててやろう」

笑い声も、微笑みさえもなしに私たちは口を噤《つぐ》んだ。沈黙と疲労が場を支配した。けれど、ゲームはまだ終わっていない。あとひとり、ドミニクが残っている。

「ドミニクか」

「誰？」

ハリエットには、ドミニクを遊戯の種にする気はなかった。ドミニクの未来には黒人娘が待ち受けており、冷笑主義《シニスム》をもってしてもこの事態に対処する術《すべ》はなかった。いつの日かドミニクは、黒人の嫁を連れてくる。それは、この日の夕食がラザニアであることと同じくらい確かな展望だった。私は気にしていなかった。ナポリのご先祖さまのなかには、北アフリカの血が混じった輩《やから》もどっさり含まれているだろう。けれど、ハリエットは？　その出自をたどるなら、父親はロンドンの、母親はデュッセルドルフの生まれなのだ。

八時ごろになって、子供たちはばらばらと家に集まりはじめた。ひとりめはジェイミーで、仕事からの帰りだった。つまり、遅刻した正当な理由があるわけだ。ジェイミーの成績表は、デニーのものといっしょに郵便で届くはずだった。どうして届かなかったのかとハリエットが尋ねた。

「知らない」ジェイミーは言った。

私は訊いた「それで、成績はどうだったんだ？」

「ばっちりだね」ジェイミーは曖昧な答えを返し、自分のグラスにワインを注いだ。

「その調子だ。徴兵を免《まぬか》れたいなら、いまの成績を維持するんだぞ」

「言われなくてもわかってる」

なにか問題を抱えているらしい。けれど、この息子から本音を聞きだすのは至難の業だった。ジェイミーは兄二人と違って、物静かで謎めいた息子だった。無理強いをすれば、四方に壁を作って閉じこもってしまう。

それからデニーがやってきて、タクシー運転手の帽子から一枚の封筒を取りだし、ハリエットに手渡した。

それはローパー先生からの手紙だった。ハリエットは封を開けようとしなかった。「ローパー先生は嫌いよ」妻は封筒を私に渡した。

私は封を開け手紙を読んだ。

「モリーゼ夫人
バーナード・ショーをめぐる、きわめて優れた論文をご提出いただいたことに、感謝申し上げます。二十五年の教歴を振りかえってみても、保護者の手になる課題論文としては、他の追随を許さない抜群の出来でした。非公式ではありますが、謹《つつし》んでA評価を進呈するとともに、心よりの祝意をお伝えいたします。トーマス・ローパー」

ハリエットは不安に駆られた。

「どういうこと? あの論文が問題になったの?」

「いいや、別に。ただ恥をかいただけ」

「お前はBをとったんだ」私は言った「それでもまだ不満なのか?」

「さらし者にされたからね。僕は公認のいかさま野郎だ。真相が暴かれたんだよ」

「だからどうした。前からわかってたことだろうが」

デニーは身をかがめ、ハリエットにキスをした。

「母さんに悪気がなかったことはわかってる。ただ、ちょっとがんばりすぎちゃったね。そこまでする必要なかったのに。それで、またひとつ頼んでもいいかな?」

「今度はなんだ?」私は訊いた。

「僕の上官に、手紙を書いてほしいんだよ」

こいつはどこまで厚かましいのか。ようやくシティ・カレッジを卒業したと思ったら、今度は予備軍から抜ける手助けをするよう両親に持ちかけてくるとは。

「どんな手紙だ?」

「僕はホモだって書いてよ」

「ああ、もうやめて！」ハリエットが言った。

デニーは構わず続けた「僕は軍隊には向かないんだ。不道徳で、隊員に悪影響を与えるから。父さんと母さんは、心を痛めた両親にふさわしく、僕の欠陥を暴き立てて、愛国者としての務めを果たしたらいい」

「最低よ！」ハリエットが言った。

「もちろん最低だよ。でも、それで僕は軍隊とおさらばできる」

ハリエットは不意に振りかえり、デニーの顔を平手打ちした。いっとき呆気《あっけ》にとられてから、デニーは頬をさすった。

「母さん、なにか勘違いしてるんじゃないの？　こんな仕打ちを受ける覚えはないんだけど」

「私の息子が、どうしてこんなことに！」

ハリエットは立ちあがり、早足でキッチンから出ていった。

「やるじゃないか」私は言った「母親を思いどおりに操る方法を、よくわかってるみたいだな」

「ただの提案だったんだ。強制する気はないのにな」

「ひとつ聞かせてくれ」私は言った「お前もホモなのか？」

デニーは笑った「〈この父にして、この子あり〉」

庭から悲鳴が聞こえた。ティナの声だ。私たちは玄関へ駆けてゆき、夜の闇のなかへ飛びだした。門に釘付けになったリック・コルプにスチューピドがのしかかり、闇雲に打ちつけられる剣が怯えるリックのジーンズの生地を撫で、ティナがハンドバッグで犬を滅多打ちにしている。

「つま先を踏め！」私は叫んだ。

デニーがその場にいる全員を押しのけて突進し、スチューピドにしたたかな蹴りを食らわせた。犬はたまらず呻《うめ》きを上げ、苦しそうに息をしながら芝生の上に滑り落ちた。私はしゃがみこみ、スチューピドを撫でてやった。

「おい、怪我はないか？」

「リックはどうなるのよ？」ティナが金切り声を上げた「怪我の心配をするなら、リックの方でしょ！」

「リック、怪我はないかい？」

「ええ、まあ」不愉快きわまりないといった様子で、リックが言った。

「気を悪くしないでくれ」私は言った「この暑さだからな。こいつは寒冷な土地で生まれた犬なんだよ」

「それがどうかしましたか」リックが言った「前に飛びかかってきたときは、寒くて雨が降ってましたよ」

ティナが言った「相手にすることないから。この人は、あのおぞましい犬のことしか頭にないの」ティナはリックの腕をつかんで、追い立てるようにして家のなかへ連れていった。

「この犬、死人が出る前に追い出した方がいいんじゃないの」デニーが言った。

私は門の傍らに立つデニーのもとへ歩み寄り、デニーのコートの下襟《ラペル》をつかんだ。「いいか、よく聞け」私は言った「お前が俺の息子だろうと、あるいはたとえ父親だろうと、それどころか、母親だろうと関係ない。お前が誰であろうと、警告しとくぞ。俺の犬を二度と蹴るな！　俺の言ってること、わかるか？」

「ああ、わかりすぎるくらいだよ」

「ならいい。さあ、食事だ」

息子と連れ立って家に戻ると、キッチンでは若き恋人たちの愛に満ちた一幕が演じられていた。椅子に坐ってスコッチを啜るリックの、日に焼けて黄ばんだ髪を、ティナが優しく撫でてやっている。二人とも悲しげで、なにか言いたそうな雰囲気を漂わせていた。ティナが私に冷ややかな一瞥を浴びせる。ちなみに、リックが飲んでいるスコッチは掃除用具入れにしまっておいたボトルだった。

電話のベルが鳴ったので受話器を取った。声の主はドミニクで、ハイウェイの公衆電話からだった。

「客を連れていってもいいかな？」ドミニクが訊いてくる。

「ブロンドか？　それともブルネットか？」

「ブルネット寄りだよ。だいぶね」

「俺は別に構わないぞ。母さんがどう言うかは知らんが」

受話器を置くと、隣でハリエットが聞き耳を立てていた。

「黒人？」

「だいぶブルネット寄りだそうだ」私の返事を聞くと、ハリエットの瞳には忍従《にんじゅう》の色が浮かんだ。レッド・マウンテンのワインが入った水差しとタンブラーを手に、子供たちはリビングに移動していた。ハリエットは食卓にもうひとつ席を追加して、料理の仕上がりを確認した。食卓を飾る蝋燭や花、とっておきの銀器、フィレンツェ製のワイングラスなど、準備するものが山とあった。

ドミニクの「客」はケーティ・ダンという名前だった。小柄で、愛嬌があり、黒のレザーパンツと膝下まであるブーツが素晴らしくよく似合っている。肌はオットセイの毛皮のように滑らかで、ブラックコーヒーのように黒ずんでいた。尻は見る者の視線を離さず、胸は緑のセーターの下で気勢を上げている。ドミニクが妬ましかった。私も尻には目がないのだ。ドミニクは誇らしげにケーティをハリエットに紹介した。

「ママ、よろしく！」ケーティはそう言って、ハリエットに思いきりキスをした。

「どうも、はじめまして」ハリエットは軽くよろつきながらも、折目正しく言った。

ケーティは私にもキスをして、こう言った「パパも、会えて嬉しい」他人からパパと呼ばれるのは初めての経験だった。ドミニクは、スターに付き添うエージェントを思わせる自信に満ちた足どりで、ケーティをリビングに案内してほかの面々に紹介した。一組のグラスを取りにドミニクがキッチンに戻ってくると、そのあいだに誰かがハイファイの音量を上げ、部屋のなかはスプリームスの楽曲に埋めつくされた。

私はワインの栓を抜き、すっかりくたくたになったサラダを二、三度ひっくり返した。ハリエットがラザニアをオーブンから取りだし、真四角に切れ目を入れている。ラザニアの上に、ひとつかみのペコリーノチーズが散らされる。かなたの日々、少年時代の私を包みこんでいた、郷愁を誘う食卓の匂いが鼻腔《びこう》を突いた。いまやおぼろげな記憶のなかで、私の父も、ワインを愉しみながらサラダをかき混ぜていたものだった。それは胸を締めつける、苦痛に満ちた記憶だった。過去の情景が次々と眼前に浮かびあがり、いまにも涙がこぼれそうになる。魂が思い出のなかで喘《あえ》いでいた。だって、そう、私は父親になんかなりたくなかったから。なのに私は父親になった、四回も父親になった。そしてナヴォーナ広場は、けっして到達できない惑星のごとく遠ざかってしまった。

ようやくすべての準備が整い、ハリエットが言った「子供たちを呼んできて」

リビングに足を踏み入れると、スプリームスのけたたましい歌声に急襲された。部屋には誰もおらず、暖炉の張り出しとコーヒーテーブルに、半分だけ中身の空いたグラスが放置されていた。子供たちの姿は跡形もない。外から声が聞こえた。私は玄関の扉を開けた。

六人は門に向かって歩いていた。

「食事だ！」私は大声で呼びかけた。

子供たちはなにも言わずに後ろを振りかえった。

「食欲がないんだ」ジェイミーが言った。

「今夜は暑すぎるよ。食べる気しない」デニーが付け加えた。

「ビーチに行ってくる」ドミニクが言った「あとで食べるからさ」

「ふざけるな」私は叫んだ「もう、ぜんぶ準備は済んでるんだぞ」

子供たちは暗闇のなかをゆらゆらと進み、ビーチの門へ続く道を歩いていった。ジェイミーは最後まで残って、いっしょに来るようにスチューピドを誘っていた。犬は喜び勇んで跳ねあがり、子供たちといっしょに消えた。

10

ろうそくに火をともし、葬儀の席についた。私とハリエットのあいだには、ラザニアの棺が横たわっている。死別の悲嘆も、激情の噴出もなかった。この時間、私たちは互いを必要とし、勇敢にも沈黙を貫いていた。ハリエットの態度には、どこかしら英雄的で、かつ悲劇的な高潔さが認められた。冷えたワインをしたたかに飲みくだし、口元には高慢な笑みを浮かべている。グラスを満たし、グラスを傾け、またグラスを満たす。あまりに見境のない飲み方だ。グラスを空けるのが速すぎるぞ、と私は思った。

ハリエットは私を見て、言った「あなた、グラスを空けるのが速すぎるわ」

オーブンから出てくるのが遅れたせいで、ラザニアの縁《ふち》のソースが固まっている。サラダは力なくしおれ、ゆでたズッキーニはどろどろのペーストと化している。私は軽く料理をつまんでから、妻の様子を検分した。ふっくら丸い、満月のような顔をしている。妻は往年より一〇ポンドも重くなり、ダイエットを決意したばかりだった。なのに今夜は、思いきり食べていた。フォークを上下に素早く動かし、派手な咀嚼《そしゃく》音を響かせている。けれど、いまは食卓のマナーを注意すべきときではない。私はなにも言わずに妻を見守っていた。

妻が言った「あなた、そんな風に音を立てながらでないと食べられないの？」

不意に、私は侮辱されたように感じて気分を害し、冷めた視線でハリエットを見つめた。この女はどこの誰だ？　結婚して二十五年になるが、私の妻であるということのほかに、私はこの女についていてなにを知ってる？　なんと多くの妻の資質が、なんとわずかな私の資質が、あの恩知らずのガキどもに遺伝したことだろう。ティナを除けば、子供たちは妻の瞳と、骨格と、歯並びを受け継いでいた。どうしてこいつらは、父親のように小柄でがっしりとしていないのか？　どうしてこいつらは、れんが積み工より店の売り子に似ているのか？　私の父の、百姓らしい武骨さはどこへ行った？　私の母の、純真無垢な清らかさや、イタリア風の柔らかな茶色い瞳は？　どうしてこいつらは、話すときに手を使わず、だらりと両腕を垂らしたままなのか？　父親にたいするイタリア的な献身と従順は、あたたかな家庭にたいする骨肉の愛着は、いったいどこへ行ってしまったのか？

すべてが、すべてが失われた。あいつらが私の子供？　卵管の暗がりのなかで待ち伏せしていた、たんなる四つの種でしかないだろうが。あいつらはハリエットの子だ。ニューハンプシャーとドイツからカリフォルニアへ流れついた、英独の血統の末裔だ。しかも、プロテスタントだ。控え目に言っても、常軌を逸した連中だ。たとえば、判事席でツィターを奏する趣味があった、ハリエットの伯父で治安判事のシルヴェスターだ。アマドル郡に向かう途中で、なかば忘れられた町を通る際に、不運にも道を間違えてしまっただけの交通違反者たちにたいして、シルヴェスターは冷酷かつ無慈悲なる判決を言い渡した。ほかにも、ハリエットの従兄弟《いとこ》で、こいつの名前が出るとみんなかならず小声になる、ミルバレーのルドルフがいる。この男はいつも、一〇〇年前にこの世を去ったアレクサンダー・ハミルトンに手紙をしたため、アーロン・バーの暗殺計画に気をつけてくださいと注意を促しているのだった。

私の先祖に、こうした手合いはひとりもいない。誰もが、晴れやかなイタリアの田園《カンパーニャ》に生まれ、誠実で敬虔な農夫としての人生を全《まっと》うした。私の母はマリア・マルティーニで、父はニコラ・モリーゼだった。素朴で純真な、はるかユリウス・カエサルの血筋に連なる人びと……。

それにしても、ニューハンプシャー州ラムニーのアサートン家やら、ドイツはハンブルク出身のシュタインホルスト家やらは、いったいどこの馬の骨なのだろう？　プレイサー郡の墓石に、こいつらの名前が刻まれているのを見たことがある。エベン、イジキエル、ルーベン・アサートン。ハンス、カール、オットー・シュタインホルスト。肉屋やパン屋や蹄鉄工《ていてつこう》らしい。どういうわけで、こうした祖先についてはほとんどなにも語られないのか？　伯父のシルヴェスターや、従兄弟のルドルフとそっくりだからか？　そして、公平な目で見るのなら、ドミニクやデニーもまた、彼らに似ているのではあるまいか？

ワインで口を湿らせ、煙草に火をつけ、この件を軽く蒸し返してやろうと決めた。

「それはそうと、シルヴェスター伯父さんはどうしてる？」

明後日の方向から飛んできた球に、ハリエットは虚を突かれた。

「シルヴェスター伯父さん？」

「そうさ、あの……不埒《ふらち》な治安判事だよ」

「急になんなの？　もう亡くなったと思うけど。それと、伯父さんは不埒じゃないわ」

「伯父さんについて、子供たちに話してやったことはあるかい？」

「ええ、たぶん。どうして？」

「なにも知らないでいるよりは、知っておいた方がいいと思ってね」

「あなた、なにが言いたいの？」

私は肩をすくめた。「別に。たいしたことじゃないよ。従兄弟のルドルフはどうだい？　最近、なにか彼の噂を聞いたか？」

迫りくる乱気流の気配を嗅ぎとり、ハリエットは席を立った。

「ビーチに行くわ」そう言うと、エプロンを外して足早にキッチンを出ていった。

「僕も行くよ」

外に出て、門の前で待っているハリエットを追いかけた。遠くの荒野から届く熱気を顔に浴びつつ、私たちは通りを歩いていった。七分《しちぶ》に満ちた赤い月が、東の空に穴をあけていた。

11

高くそびえるせっけん石の岩場に区切られた手狭なビーチに、五〇人くらいが散らばっていた。家の庭とくらべると、あたりの気温は一〇度は低く感じられ、打ち寄せる波のとどろきがなおのこと涼感を呼んでいる。小さなたき火が浜辺を点々といろどり、そのかたわらで携帯用のラジオが思い思いの音楽を奏でている。海はサメの背のような灰色に染まり、しぶきを上げる波はサメの腹のように白かった。靴を脱ぎ、砂に足を取られながら入り江を目指すと、そこではティナとリックとデニーが、流木のたき火を囲んでいた。その場に腰を下ろした私は、なにやらとがったものを尻に感じた。ケーティ・ダンのブーツだった。ケーティとドミニクは海で水浴びをしているらしかったが、細かく舞い上がる波のしぶきに視界をじゃまされ、二人がどこにいるのか見当がつかない。私が最初に気になったのは、犬の行方だった。

「ジェイミーといっしょに、ビーチを散歩してますよ」リックが言った。

ハリエットは私の隣に腰かけた。私たちが着くまでは、たき火のまわりは会話や笑い声で賑わっていた。なのにいまは、打って変わって静まり返り、私とハリエットはいたたまれない思いがした。リックとデニーがマリファナを吸っている。ハリエットもそれに気づいた。

「気をつけなさいよ」ハリエットが注意した「このあたりはいつも、保安官がパトロールしてるんだから」

二人は老賢人のような笑みを浮かべた。

「父さんもどう?」デニーが言った。

「いや、いい」

「じゃあ、母さんは?」

それがばかげた質問であることは、デニー自身もよく承知していた。

私は言った「調子に乗るな。お前の母親はマリファナを吸ったりしない」

「だけどこれ、混じりっけなしの高級品だよ。ほんとうにいらないの?」

「ああ、いらん」

「別に体には悪くないよ」

「よく聞け。俺がマリファナを吸っていたのは、お前が生まれる前のことだ。あのころは、プリンス・アルバートの缶にいっぱいに詰まったマリファナが五〇セントで買えたんだ」

「はあ、古き良き時代だね！」デニーが皮肉った「もっと聞かせてよ、そのころの話」

「たいして話すこともない。脳みそが萎《しぼ》んだ人間にとって、マリファナは頭を拡張させる効果がある。要するに、お前がマリファナなしでやっていけないのは、お前がばかだからだ」

「そいつはどうも」

デニーはマリファナ煙草を砂に押しつけた。靴とソックスを脱ぎ、海の方へ力なく歩いていく。ハリエットはその背中を、愛おしむように見つめていた。

「あんな言い方しなくてもいいのに」ハリエットが言った。

私は立ちあがり、デニーのあとを追った。足もとを這いずりまわる海水を蹴立てて、息子の背中へ近づいていく。デニーは一度だけこちらを振りかえり、また波打ち際へ歩いていった。私はデニーに追いつき、肩に腕をまわした。デニーはそれを乱暴に振りはらった。

「ほっといてよ」

「悪かった」

「ほら、まただ。〈悪かった〉。いつだって、ばかにしてから反省するんだよ。父さんはかならず、まずは侮辱して、そのあとで反省する」

「誠実であろうとしてるんだけどな」

「誠実！　どの口が言うんだか、蛇みたいに不実なくせにさ。歯向かう相手に絡んでは、自分の思いどおりになるまで喋りつづける。俺がこれまで出会ったなかで、いちばん手に負えない偽善者だね」

また〈悪かった〉と言いそうになったが、かろうじて踏みとどまった。ぴちゃぴちゃと音を立てながら、もう五〇ヤードほどいっしょに歩く。繊細な泡の刺繍に浸かる私たちの白い足が、暗がりに沈んだ砂の上を素早く横切っていくうちに、浜辺に乗り上げているモーターボートの前までやってきた。まわりには、ごみや海藻が散乱している。デニーはひとりになりたがっていた。けれど、私は強情にもそこにとどまり、息子が古いボートによりかかって煙草に火をつける様子を眺めていた。私はデニーになにを言えばいいのかわからず、デニーは私になにを言えばいいのかわからずにいた。

「おい、戻ろう」私は言った。

「うんざりだよ、父さん」

「なにがだ？」

「〈ばか〉って呼ぶなよ。俺が思い出せるかぎりずっと、それこそ幼稚園のころから、父さんは俺のことを〈ばか〉って呼んできた。いい加減、やめてくれないかな」

「ああ、わかった」

マリファナがそうさせたのか。それとも、沸点に達したデニーの怒りと、暑い夜と、私たちをその瞬間まで導いた奇妙な成り行きのせいなのか。それとも、息子はもう何年もそれを伝えたがっていたのに、ふさわしい機会と雰囲気を逃しつづけてきただけなのか。けれどいま、デニーはそれを口にした。それはまるで、入念に準備され、ここぞという時のためにしまいこまれていた声明のように響いた。

「あんたは三流作家だよ、父さん」

これが、息子のデニーであるはずがない。マリファナのせいなのだ。二十歳のころ、ワインの力を頼みにして、私が父親に歯向かったときのように。私は父親から、何年にもわたり手ひどい扱いを受けてきた。そして、あの年のクリスマス・イブ、憎しみをワインで増幅させて、私は父に挑みかかった。ノース・サクラメントの家の庭で、私たちは埃を捲きあげながら転げまわり、蹴りを入れ、目玉を抉《えぐ》ろうとし、悪態をつきまくった。近所の人たちが割って入るまで、二人の闘いは終わらなかった。

つまりこれは、クリスマス・イブの再来なのだ。

「母さんの方がよっぽどいい文章を書くじゃないか。父さんの小説、読んでみたんだ。古くさいし、感傷的なうわ言にしか思えなかった。それよりもっと悲惨なのは、映画の脚本の方だけどさ」

「まあ、脚本にたいした価値はないな」私は認めた。

「なんで作家になったんだよ？　どんな手を使って出版までこぎつけたの？」

「おい、黙れ。そこまで言われる筋合いはないぞ！　ヘンリー・ルイス・メンケンは俺を高く買っていたんだ。俺の書いたものを最初に活字にしてくれたのも彼だ」

「父さんの書くものは駄作だよ。駄作としか呼びようがないよ」

「『僭主《せんしゅ》』は悪くない。絶讃する書評もあった」

「何部売れたの？」

「売り上げはさほどじゃないが、あの本を原作にした映画はとても良かった」

「それ、最近テレビで放送された？」

その質問には答えないでおいた。「言いたいことはそれでぜんぶか？」

「あとひとつだけある。父さんはクソ野郎だ」

「そうだろうな」

デニーが煙草を放り捨て、私たちはもと来た道を取って返した。

「息子に敬意をもって接するのは、じつに気分がいいもんだ」私は言った「今夜、お前が伝えてくれた価値ある言葉のすべてに、感謝するよ」

「どういたしまして、父さん」

12

私とデニーがたき火のそばに戻ってきたとき、ちょうどドミニクとケーティ・ダンも、裸のまま手をつないで、雫をしたたらせながら海からあがってきた。ドミニクはハリエットがいることに気づいて狼狽し、股間を両手で覆い隠した。ハリエットの背後から服の方へまわりこみ、そそくさとズボンに足をとおしている。

ケーティはゆったりした足どりでたき火に近づき、手を伸ばして暖をとった。私は思わず目を見張った。しなやかでむだのない肉づき、毛に隠された小ぶりな陰部にまとわりつく海水のビーズ……。ハリエットはケーティから視線をそらし、その内気さをケーティが笑った。

「やだ、ママ。恥ずかしがってるんだ。ねえ、そうでしょ?」

「いけないの?」

「だって、ドミニクのお母さんとは思えないから」ケーティが笑った。

ケーティの言葉はハリエットの心を黒く焦がした。ハリエットは立ちあがり、服についた砂を払い、猛《たけ》りくるう怒りを抑えつけて、冷ややかな声でぴしゃりと言った。

「帰った方がよさそうね」

ハリエットの後を追おうとしたその矢先、暗がりからスチューピドが飛びだしてきた。水に濡れた毛が砂で覆われている。犬はリックの足もとに身を投げ、息を弾ませつつうっとりと軍曹に見とれていた。それからジェイミーが駆け足でやってきた。その顔には、不安と動揺の色が浮かんでいた。

「どうかしたか？」私は訊いた。

「このばか犬。また人に襲いかかった」

「噛んだのか？」

「いや、ただ飛びかかっただけ」ジェイミーはうしろをちらりと見やった。「ほら、来たよ」

ハリエットが男の方に視線を向けた。

「また厄介事を起こしたわね」ハリエットはそう言って歩き去った。

男は海パンにハワイ風のプリントシャツという出で立ちだった。五十がらみで、ずんぐりしていて、毛深い足は丸太と見まがうほどに太かった。怒りに湯気を立てている。男はジェイミーをにらみつけた。

「こちら、あなたの息子さん？」

私は頷いた。

「あれはお宅の犬？」

「ええ」

「お名前は？」

「そちらからどうぞ」

「ジョン・ゴールト。あなたは？」

「ヘンリー・モリーゼ」

「このあたりに暮らしはじめて、まだ日が浅いようですな」

「越してきたばかりですよ、二十年前にね。どうかしましたか？」

「あなたの犬を訴えます」

「どういうわけで？」

「私を犯そうとしました」

「ああ、そうでしたか。こいつは誰とでもやろうとするんですよ」

「ほお、誰とでも」

「ほんの遊びなんです」

「私は二〇〇ポンドの犬に襲われたんですよ。それを〈遊び〉と仰いますか」

「あいつは一二〇ポンドしかありませんけど」

「体重なんてどうでもいい。私はあの犬を監禁させます」

私は目の前の男をまじまじと検分した。毛深い足、骨ばった膝、でっぷりとした腹、頭の悪そうなプリントシャツ。「あなたを噛みましたか？　歯の痕を見せてください。見たところ、出血はないようですが。痛みますか？　こいつのせいで怪我をされましたか？」

「いや、それは……」

「なら、なにも問題はありませんね」

「ないわけがありますか」ジョン・ゴールトが言った「私は弁護士です。自分がなにを言っているかはわきまえているつもりですよ」

私は怖じ気づいた。もう一度、男をよく眺めてみた。思っていたより大きかった。「ゴールトさん、申し訳ありません。いつもは鎖につないでいるんです。でも、たまたま今夜は逃げ出してしまって。もう何時間もこの犬を探していたんですよ」

自分の権威が効いたのがわかり、ゴールトは笑みを浮かべた。

「さっさと連れて帰るように。そして、家の外には出さないことです」ゴールトは腕を組んで言った。

「仰るとおりです」私はジェイミーの方を振りかえった。「おい、帰るぞ」

私の態度に辟易しながら、ジェイミーは犬のそばへ歩いていった。私はゴールトに片手を差し出した。「ご迷惑をおかけしました、ゴールトさん」

ゴールトが握手を拒んだので、私の手は死んだ鳥のようにその場に静止していた。ジェイミーと私は、二人でスチューピドの首輪をつかみ、道路へつづく小道を歩いていった。うしろを振りかえると、ゴールトが腕組みをして私たちを見送っていた。すべての闘いに勝利して、ほかの犬をことごとく追い払ったブルドッグみたいだった。

「チキン野郎」ジェイミーが言った。

「それが俺の名前さ。ヘンリー・チキン・モリーゼだ」

13

家に戻ると、暗がりに沈んだ寝室でハリエットが横になり、悲嘆に胸を波立たせていた。私はベッドの縁《ふち》に腰をかけた。

「あの黒い娼婦」ハリエットが言った。

「忘れろよ」

「どうして？　わたし、あの子になにかした？」

「冗談のつもりなんだよ。連中はああやって遊ぶのさ」

「それに、ドミニクはあの子の好きにさせてた。なにも言わなかった。私はドミニクが嫌になった、子供みんなが嫌になった」妻は苛立ち、ベッドの上で寝返りを打った。「かわいそうな私のラザニア！　一日かけて用意したのに！」

「忘れろよ。薬を飲んで落ちつくんだ」

「ラザニアは犬にやって。私はもう、二度と夕食は作らない。主が私をお救いくださいますよう」

わが身を哀れみ暗闇を凝視するハリエットを残して、私はキッチンに向かった。巨大なラザニア、台なしになった夕食の悲しい思い出は、つぶれてぺしゃんこになったケーキのようにも見えた。私はそれを裏庭に運び、スチューピドを呼んだ。犬は前脚で皿を抱きこむようにして坐り、瞬く間にラザニアを平らげてしまった。

十一時だった。まだ暑く、ベッドに入るような時間でもない。私は書斎に行って、スタンドの明かりをつけた。すでに七〇ページに達していた。約二万字が記された黄色い用紙が、私の眼前にきれいに積み上げられている。執筆に取り組むあいだ、私は直感を頼みにして、一度も原稿を見なおさなかった。そろそろ、自分の書いたものを読みかえしてみる頃合いだろう。

激しい衝撃に見舞われた。腹と腎臓に拳が打ちこまれるのを感じ、頭が真っ白になって、背筋には悪寒が走り、頭皮の上で毛髪がさざ波を立てた。これは、小説と呼べるような代物ではない。小説として着想されたとはいうものの、この出来損ないは実際には、スクリーン向けの計画書、単調で貧弱で平板なフィルムの青写真でしかなかった。そこにはオーバーラップ、カメラアングル、果ては二、三のフェードアウトの指示まで書きこまれていた。ある章の出だしはこんなだった。「場面設定のフルショット——アパート——昼間」。

二十五年前の自分なら、この黄色いページの塊を両手でつかみ、勇気をもってびりびりに引き裂いていただろう。いまの私に、それだけの気力はなかった。あるいは、もっと言うなら、それだけの握力がなかった。

こうして、すべての人間にとっての定めである死が、ヘンリー・J・モリーゼのもとにもやってきた。完全なる敗北。モリーゼはもう、けっしてペンを取らないだろう。モリーゼ、若き日に物した四冊の小説によって批評家から喝采《かっさい》を受けた彼はいま、ポイント・ドゥームで、緩慢な死を生きている。

気が触れたという噂が広まり、潰瘍《かいよう》に苦しめられ、もはや脚本家協会の会合にも顔を出さず、酒屋や職安で見かけたという目撃情報がたびたび行き交う。はたまた、見るからに知恵の足りない物騒な大型犬を連れて、ビーチを散歩していることもある。パーティーでは退屈な長話で周囲から煙たがられ、古き良き日々を懐かしんでばかりいる。テレビのトークショーを見ながら、毎晩のように大酒を食らう。エージェントとは口論が絶えず、最近は誰も担当についてくれない。憑《と》りつかれたように、しじゅうローマについて話している。当てどもなく庭をぶらつき、九番アイアンでチップショットを打つ。四人の子供からはまったく相手にされていない。長男は白人種を拒絶して黒人と結婚しようとしている。次男は生活保護を受けながら俳優を目指している。三男は、家庭崩壊の一翼を担うにはまだ若すぎる。娘は、ビーチで筋肉をひけらかすしか能がない男に恋をしている。ただひとり、献身的な妻だけは、カスタードと半熟卵の健康的な食事を用意したり、しょっちゅうトイレに付き添ったりと、身のまわりの世話をしてくれる……。

私はパイプに火をつけた。おぼつかない足どりでテラスに出て、椅子にどっかりと腰を下ろす。暑い夜で、うわべはとても静かだった。けれどひと皮むけば、打ち寄せる波の轟《とどろ》き、コオロギの鼻歌、疲れを知らない鳥のさえずり、リスの呼び声、ちかちか光るジェット機の唸り、松の葉が擦《こす》れる音、そして、空中に漂う無気味な火の気配が感じられる。

わが人生につきまとう、解決の見込みがないもっとも根本的な疑問が、またしても頭をもたげてきた。この小さな惑星で、ぜんたい自分はなにをしようとしているのか？　こんな人生のために、五十五年を費やしたのか？　ばかげている。ローマまではどれくらいだ？　十二時間か？　ナポリも素敵なところだ。ポジターノも。イスキアも。ポイント・ドゥームのY字型の家で過ごす夜、これが私の生の終着点か？　信じられない。主《しゅ》は冗談がお好きらしい。

暗がりから、スチューピドが足音も立てずに現われた。私の顔と、ぶらりと垂れる足を交互に見つめ、うまくいくかどうか推し量っている。それから犬は、私の足にまたがろうとした。私は足を引っこめた。スチューピドはがっかりして、私のひざに顎《あご》を乗せ、私は耳の裏をさすってやった。誰かに助けてほしかった。ああ、主よ、この犬が口を利けたなら！　わが誇りであるロッコと話ができたなら、私の人生はどれほど違っていたことだろう！

ロッコ、お前の助言が必要なんだ。

ボス、どうした？

不幸なんだ。人生をまるごと変えてしまいたい。やりなおしたい。この国を出たい。

したいようにすればいい。心の声を聴くんだ。心が指し示す場所に行きな。

妻と子供たちはどうする？

置いていけ。確かな道を進め。これはボスにとって最後のチャンスだ。二度目はないぜ。

お前を連れていけたらいいのにな。

俺だって、できることならそうしたいさ。

なにか送るよ。タラッロなんてどうだ？　イタリア風のベーグルだよ。甘いけどな。

ボス、自由になれ。大切なのはそれだけだ。

家の反対側から声が聞こえた。子供たちがビーチから戻ってきたらしい。スチューピドが挨拶しに駆けていった。その直後、悲鳴が聞こえた。この世にまたとない種類の悲鳴、すなわちティナの悲鳴だった。私は家のなかを突っ切って玄関へ急いだ。もっとも、現場に到着する前から、なにが起きているのかはわかっていた。

人はこう思うだろう。海兵隊の戦争経験者で、かつてベトナムのジャングルをさまよい、その勇敢さのためにブレイクとビンディンで勲章を授かり、クイニョンで負傷したことまであるような人物なら、おふざけが好きな犬の愛情のこもった抱擁を振り払うくらいわけないはずだ……。コルプ軍曹は違った。今度もまた、軍曹は門に釘づけになり、スチューピドがその上にのしかかっていた。

そして、今度もまたデニーだった。今度もまた、デニーがスチューピドの腹を蹴り、私は激しい怒りに駆られた。あいつは一回ではなく、三回も犬を蹴った。私は息子を罵り、犬を救うために走っていった。けれど、今回は助けに入る必要はなかった。獣は痛みに身をよじらせ、デニーの足に牙をうずめた。デニーが大声をあげて片膝をつくと、犬は罪の意識にさいなまれて縮こまり、そそくさと物陰に姿を隠した。デニーがズボンをまくりあげた。ふくらはぎと脛《すね》の骨のあたりに、いくつかぱっくりと穴が空いている。

「たいした傷じゃない」私は言った「痛むか?」

「いいから黙れよ」

デニーは立ちあがり、足を引きずって家に向かった。リックとドミニクがデニーを支え、ティナとケーティもそれに続く。ジェイミーだけはその場に残った。私はスチューピドを仰向けに寝かせ、打ち身がないかよく調べた。大丈夫、怪我はない。

「お前も見たよな」私は言った「あれは正当防衛だ。こいつにほかの選択肢はなかった」

「どうだかね。今夜は二人に飛びかかったし」

前々から、胸に引っかかっていることがあった。

「リック・コルプはどういうわけで、こいつをうまくあしらえないんだ? いったいなにを怖がってる?」

「リックが怖いのは、頭に血がのぼってスチューピドを殺すこと。本人がそう言ってた」

もっともな不安だった。私たちはキッチンへ歩いていった。部屋着姿のハリエットが、デニーの足をひざに乗せていた。傷口を手当てして、石鹸と水で洗ってやっている。ネオスポリン軟膏を塗り、絆創膏を貼るところまで、私は黙って見つめていた。

「狂犬病の心配はしなくていいぞ」私は言った「ワクチンを打ってるからな」

デニーは唇をゆがめて笑った。「安心したよ。ここ最近聞いたなかで、いちばんいい報せだ。これであいつは、ポイント・ドゥームの住人全員に噛みつける」

「ひとつ、解決策があるわ」ティナが言った。

私は続きを待った。

「去勢したらいいのよ」

ぞっとした。「それは死ぬのと同じことだぞ。ならいっそ、墓穴に埋めてやった方がましだ」

「それがいいでしょうね」コルプが言った。

「どういう意味だ？」

「ホモの犬のためにしてやれる唯一の人道的処置は、その苦悩を取り除いてやることですよ」

「あいつがホモだという確証はない。いまはまだ、ふさわしい相手に出会っていないだけだ」

一同は私を嘲《あざけ》り、せせら笑い、それから揃って口を噤《つぐ》み、冷ややかな視線を私に注いだ。

「お父さん、話があるの」ティナが言った。

ティナがつかつかと歩いてキッチンから出ていったので、私もその後についてテラスへ向かった。ティナは小刻みに体を震わせ、決意の炎を瞳に宿し、思いをぶちまける瞬間を待ちかまえていた。

「もう決めたの。犬が出ていくか、私がいなくなるか。どっちか選んで」

「どこに行く気だ?」

「知らない。私はずっと我慢してきた。リックもよ。あの犬を追い出して。それが無理なら、私がこの家を出る」

ティナは小鳥のように激しく、予期せぬ爆発、絶叫、家財の投擲《とうてき》に及びがちな、本能のままに生きる娘だった。そして、いつだって自分の勝手を通してきた。ティナの取り引きに意味はない。もし、私がスチューピドを追い払い、ティナがそれに満足したとしても、どのみちあいつはこの家から逃げ去るのだ。犬か娘か、どちらか選べというのなら、遺憾《いかん》ながら私としては、犬を選ばざるを得ない。ほんとうのところ、ティナは私に選択の機会を与えたわけではなかった。あいつはただ、自分の生活から犬を消し去りたいだけだ。

「自分で決めろ」私は言った「俺は犬を手放す気はない」

ティナは風のように私の眼前を横切って、家に入った。

14

翌朝、デニーはペニシリンの注射を打ってもらい、松葉杖をついて病院から戻ってきた。息子のなかで、なにか変化が生じていた。穏やかな笑みを浮かべ、世界と戦争状態にある若者らしからぬ寛容な雰囲気を漂わせている。

私は松葉杖を見て顔をしかめた。

「気にすることないよ」デニーは微笑んだ「なにも問題ないからさ」

怪我した足は、三日か四日は安静にしておくようにと、医者から勧められていた。けれどデニーは、仕事に行くと言って聞かなかった。

「平気だって。タクシーの外には一歩も出ないし」

いやに朗《ほが》らかなので当惑したが、すがすがしくもあった。ハリエットの目には、息子が努めて気丈に振る舞っているように映っていた。ガレージへ出ていくとき、デニーはいったん松葉杖の動きをとめ、スチューピドに挨拶して、犬の耳をごしごしとこすった。

「よしよし、お利口だな」デニーは言った。

おんぼろビュイックの後部座席に松葉杖を放り投げる。運転席に乗りこむのを私が手助けしようとしても、必要ないと言い張った。ハリエットにはキス、私には言葉で挨拶して、がたがたと音を立てながら走っていった。

「たいしたやつだ」私は言った「いままでずっと、あいつを見損なっていたな」

三日後、フォートマッカーサーの二ヶ月間の予備役に就くために、デニーは軍隊の制服を着て部屋から出てきた。

「やめておけ」私は言った「足の不自由な兵隊が役に立つか？　いまのお前は、行進も訓練もできないだろう。医者に診断書を書いてもらって、家でじっとしてろ」

「でも、義務だからね」

床から六インチ離れたあたりで、デニーは右足をぶらぶら揺らした。

「痛むのか？」

「この程度の痛み、どうってことないよ」

どこか胡散臭い響きがあったが、私はなにも言わないでおいた。

二週間後、デニーはまだ松葉杖をついていた。人間にも動物にも等しく穏やかに接し、口もとには聖フランチェスコのような笑みをたたえ、遠くの水平線を見つめる安らかな顔つきからは、魂の高揚が感じられた。

「足はどうだ？」

「すっかり治ったね」

デニーはズボンの裾をたくし上げ、噛まれた痕《あと》を私に見せた。

「もう松葉杖はいらないだろ」

「体重をかけると、まだ痛むんだよ」

「医者はなんて言ってるんだ？」

「妙なケースらしくてさ。神経科医に診てもらうように言われた」

たしかに妙だ。

神経科医はデニーの症例に当惑を覚え、追加の検査を受けるように助言した。

「まさか、痛みがずっと残ったりはしないわよね」ハリエットが言った。

「わからないよ、母さん。人生には良い面も悪い面もあるんだから」

私たちはキッチンでコーヒーを飲んでいるところだった。松葉杖はデニーのかたわらの壁に立てかけてあった。

「まあ、要するに」私は言った「これも軍隊を出し抜く方法なんだな」

視線がぶつかった。

「軍隊を出し抜く気なんてないよ。もう、いままでとは違う。僕は軍隊が好きだ。軍隊は素晴らしい」

飾り気のない、狡猾さとは無縁の、確信をこめて表明された言葉だった。才能あふれる俳優の詭弁。

「えらいわ！」母親が言った。

「満期の六年間、兵役に服すつもりなんだ。軍隊はたくさんのチャンスを与えてくれる。それを利用しない手はないと思って」

「芝居はどうする気だ？」私は訊いた。

「どうでもいいよ。そろそろ、腰を据えて将来を考える時期だしね。僕は真っ当な人生を送りたい」

「軍隊も、足の不自由な人間は持て余すだろう。松葉杖をついたままなら、すぐに除隊になるぞ」

「なんとかするさ。長い目で見ててほしいな」

また視線がぶつかった。いやはや、救いようのないペテン師だ。

15

三週間後、リック・コルプとティナが出奔《しゅっぽん》した。なんら驚くに値しない事態だった。二人はその何日も前から、リックの車を庭の私道に停めて、脱走の準備を進めていたから。花柄のカーテンとそれによく合うシートカバーを用意するため、ティナは生地を購入し、エンジンの手入れをしているリックのかたわらで裁縫に励んでいた。リックはさらに、カセットプレーヤー用の一対のスピーカーを、針金で車に縛りつけた。サーフボードは車のルーフに載せてあった。

誰も二人を引きとめようとしないので、逃避行を彩るはずの興趣や感動はいくぶんか薄まることになった。実際のところ、成り行きに任せるよりほか手はなかった。すでに二人は決意を固め、いかなる邪魔立てにも怯む様子はなかったから。ティナとリックは寝所をともにしていたけれど、それはすでに何ヶ月も前からの習慣であり、いまさらとやかく言うのもばからしかった。みんな、そのうち二人は結婚するものと思っていたが、義理の両親からの圧力でリックが逃げ出してはいけないので、私とハリエットはその点については触れずにいた。ハリエットがティナのスーツケースに予備のピルを忍ばせたことを除けば、二人のプライバシーにはいっさい介入しなかった。

別れの挨拶を告げるために、私たちは庭の私道に集まった。ハリエットは泣いていたが、私は乾いた瞳のまま平然としていた。私はずっと、娘の世界の外側で生きてきた。ティナはつねに、情緒不安定と言いたくなるくらいに凶暴で、有効な対処法はひとつしかなかった。すべてにかんして、ティナの好きにさせておくこと。白いリーバイスと赤いブラウスに身を包み、髪を二本の三ツ編みにまとめ、野生の猫の気質に反する天使のように美しい顔をした娘をまじまじと見つめていると、自分たちがたがいにとってよそ者であることがつくづく悲しかった。ティナは私を嫌っているわけではない。私を愛しているけれど、私が疎《うと》ましくて仕方ないのだ。

「ティナを大事にしてくれよ」リックと握手しながら、私は言った。

「お父さんは、犬を大事にしてください」

スチュービドはコンクリートの上から動かず、半開きの目でリックをうっとりと見つめていた。リックはスチューピドに近づいて、モカシンシューズのつま先で優しく犬をつつき、それから言った「じゃあな、スチューピド」

犬は立ちあがり、車の後輪へまわりこんで、ホイールキャップに体を押しつけて腰を振った。

それは、この犬なりのマーキングの仕方だった。

私はティナにキスをした。

「次はいつ会える？」

「知らない」ティナがため息をついた「まあ、そのうち……」

「どこに行くんだ」

「北のほう」

「ビッグサーか？」

「たぶんね」

リックの懐具合については、私たちはなにも知らなかった。けれど、ティナが自分の口座から六〇〇ドルを引きだしていたので、少なくとも当座のあいだは、食べ物や寝る場所に困ることはないはずだった。私は二人の今後について、手持ちの金がなくなるまでそのあたりをぶらぶらしたあと、けっきょくはポイント・ドゥームに戻ってくるだろうと見当をつけていた。

母と娘が、最後の抱擁を交わして涙している。潤んだ瞳をしばたたきつつ、ティナが言った
「お母さんに優しくしてよね。わかってる？」

「最善を尽くすとも」

「私は真面目に言ってるの」ティナはきつい口調で言った。

二人が車に乗りこんだので、私は最後にもう一度、奇妙にむき出しの車内を覗いてみた。カーテンと、色彩と、新しいカーペットの効果も空しく、その空間はミッキーマウスじみたわざとらしさにあふれ、暖かみや心地よさを欠いていた。せいぜい二週間だと私は踏んだ。手を振り、投げキッスをしながら、恋人たちはハイウェイの方角へ走り去った。私は心のなかでつぶやいた。一人減って、あと三人。けれど、そうと決めつけるのは早計のようにも感じられた。

本音を言えば、もう戻ってきてほしくなかった。私はティナの寝室を、書斎として使うつもりだった。南向きの二つの窓から海の眺めを満喫できる、この家でいちばんいい部屋だ。作り付けの本棚もあるし、隣にはバスタブ付きのシャワールームもある。

しかし、私はすぐに夢から醒《さ》めた。二人は一週間で戻ってきて、一晩だけわが家に立ち寄り、洗濯と洗車を済ませていった。ティナはキッチンを強襲し、鍋、フライパン、調味料、ふきん、ごみバケツ、箒と塵取り、時計、スチームアイロンとアイロン台を強奪していった。

三日後に、二人はまた戻ってきた。ティナの髪を洗い、ドライヤーで乾かすためだった。一カートンの煙草、ワインの大びん一本、一ガロンのオリーブオイルが、二人といっしょに姿を消した。以後、それは習慣になった。二人がサンイシドロより南へ行くことはけっしてなく、夜はかならずハリエットにコレクトコールで電話があった。電話と食器棚への急襲を繰り返すティナは、家にいるより金のかかる娘になった。

本人にもそれを伝えた。

「いい加減、はっきりしろ。お前はここに住んでるのか？　出ていったんじゃなかったのか？」

「出ていったに決まってるでしょ。ちょっとおじゃましてるだけ」

「よし。お前の部屋は俺が使うぞ」

「ばか言わないで！」

腕いっぱいに毛布を抱えて、ティナは早足で車に向かった。後になって確かめてみると、ティナの部屋には鍵がかかっていた。鍵はどこにも見当たらなかった。


ティナを失うことはけっしてないと思っていたが、その見通しは間違っていた。ティナの誕生日の三月十日、サンタクルーズにいるティナから電話があった。その日の午後にティナとリックは籍を入れ、いまはカナダに向かっているとのことだった。私はその報せを聞いて放心状態になり、自らの見込み違いを訝《いぶか》しみながら、ティナに対する自分の罪をくよくよと思いかえした。例の有名な歌をもじって言うなら、家に娘がいるのはいつだってとても素敵だ、といったところか。そしていま、彼女はほんとうに行ってしまった。私たちの生という織物にとって、ティナはとても大切な存在だった。色調を与える鮮やかな糸だった。兄弟からは慕われ、敬われ、母親からは溺愛され、甘やかされ、父親にとっては美しい謎である娘だった。

ティナは電話越しに笑い、部屋は好きにして構わないこと、鍵は玄関の絨毯の下に隠してあることを私に告げた。数分後、私はティナの部屋に忍び入り、枕に顔を押しつけて、娘の髪のかぐわしい残り香を嗅いだ。そんな私を、壁の高いところに並んだ人形たちが、ガラスの瞳で見つめていた。ああ、くそっ、と私は思い、泣き、ティナが八歳のときに手ひどく尻を叩いてしまったことを思い出した。その部屋はすでにして、謎めいた死を迎えて幽霊たちの住み処となった屋敷の一部と化していた。ティナの服に、ベルトに、リボンに、化粧台の上の品々に触れてみた。なにもかもが、ティナの指の生気に震えていた。

テラスでハリエットが泣きじゃくっているあいだ、私は書斎に行って、自分でもぜったいに出さないとわかっているティナ宛ての手紙をしたためた。四ページだか五ページだかのその手紙は、コーンからアイスクリームを落とした子供もかくやと思われる泣き言に満ちていた。けれど私は、すべてをそこに吐きだした。私の罪を、赦《ゆる》しを求める私の苦悶を。私はそれを読みかえし、文章の素晴らしさに感涙を催し、ところどころにたいへん見事な表現があると考え、なんならこれを叩き台にして中篇の一本でも書けはしないかと思案した。けれど私は、自分の文章に魅せられるのには慣れっこになっていて、書いたものを引き裂いてごみ箱に捨てたところで、なんの痛みも感じなかった。

けっきょく、ティナの部屋に書斎を移すことはなかった。

結婚の報を聞いた翌朝、泣き暮れて目を赤く腫らしたハリエットが、ブラックコーヒーを片手に、挑みかかるような眼差しでこちらを睨みつけてきた。

「よかったわね」ハリエットが言った「これで満足でしょ」

「なんの話だ？」

「あなたは犬を手に入れて、私は娘を失った」

「あいつは犬と駆け落ちしたわけじゃない。リック・コルプと出ていったんだ」

「二人を追い出したのは、あの犬でしょう」

諍《いさか》いを避ける方法はひとつしかなかった。私は車にゴルフクラブを放りこみ、ランチョに向かい、三人の飲んだくれとプレーした。付きに見放された男の常として、私は連中に六ドル巻きあげられた。

16

一週間後、私たちはまたもやぞっとする電話を受けた。午前四時にベルが鳴り、寝室にいたハリエットと書斎にいた私は、ほとんど同時に「もしもし」と口にした。電話の主はケーテイ・ダンで、いつもどおり元気いっぱいの声音《こわね》だった。

「ママ、パパ、こんばんは」

「こんな時間にどうしたの？」ハリエットが言った。

「ドミニクが怪我しちゃって」

「なにがあったの？」

「喧嘩」

「誰と？」

「それは本人に訊いて」

「黒人？」ハリエットが尋ねた。

「おい、よせ」私は割って入った「それで、あいつは大丈夫なのか？」

「いまは落ちついてる」

「どこにいるんだ？」

ケーティは私に、ヴェニスのピア通りに建つアパートの住所を伝えた。三〇分以内に行くと私は言った。ハリエットは私より先に準備を済ませていた。ナイトガウンの上にコートを羽織り、スカーフで髪を包んでいる。いっしょにガレージへ駆けてゆき、私は思いきりアクセルを踏んだ。

コースト・ハイウェイはがらがらだった。私のポルシェは時速一〇〇マイルで突っ走り、サンタモニカに着いたときでも七五マイルはくだらなかった。とうとうハリエットが口を開いた。

「黒人ども」妻が獣のように唸った。

私は妻の横顔を盗み見た。助手席にメデューサがいた。緩んだスカーフがばたばたとはためき、風にあおられた髪があらゆる方向へ爆発している。チョークの表面にも似たすっぴんの顔は墓石のごとくに硬直し、憤怒《ふんぬ》と懸念をたたえた瞳がひたすら前方を凝視している。怖かった。見知らぬ女だった。闖入者だった。

ああ、時よ、歳月よ！　私は四半世紀をさかのぼった。最初の小説の出版を祝うためにサンフランシスコで開かれたサイン会で、瞳は青く唇は丸みを帯びた、ツイードシャツをまとう細身で官能的な娘と向き合い、マーク・ホプキンズ・ホテルの最上階で言葉を交わし、ワインに濡れた彼女の唇が私の唇に重なり、彼女の手を取りエレベーターへいざない、寒く風の強い午後の通りへ出ていくあいだ、その微笑みが私の骨を溶かしていた。日が沈むまで二人でノブヒルを歩きつづけ、私はしまいには声を嗄《か》らしてしまった。

彼女はなんと美しかったことか！　彼女の瞳に宿る甘いお告げは、なんと正確だったことか！　私はそこに、全人生の山やら谷やら、果ては、四人の子供と、棚いっぱいの偉大なる小説さえ目にしたのだ。もしサイン会を抜け出さなければ、いったいどうなっていたのだろう？　いまごろ私たちはどこにいたのだろう？　ひとつ確かなのは、すでに遠い記憶と化した、ノブヒルの神秘的なあの午後に宿された息子を救うために、朝の四時半にコースト・ハイウェイを疾走するような羽目にはならなかったということだ。

私たちが目指すアパートは、ヴェニスのビーチの向かいにある高台に建っていた。よその土地から移植されて立派に成長したヤシの木が、まっさらなアパートをぐるりと取りかこんでいる。見たところだいぶ高級そうで、周囲のみすぼらしい住居とは明らかに一線を画していた。私は駐車場に車を停めた。車から降りるとき、ハリエットが後部座席からドライバーを拾いあげた。

「それ、どうするんだ?」

「あなたには関係ない!」

私は妻の手からドライバーを引ったくり、車のなかに投げかえした。それから、二人でアパートのなかに入った。

目当ての家は、一階のふたつめの部屋だった。私が呼び鈴を鳴らすと、すぐにケーティがドアを開けた。ケーティは豹の皮膚を模した、上下一揃いで尻尾までついているぴったりとした服を着ていた。

「パパ、いらっしゃい」ケーティは微笑み、私の頬にキスをした。尻尾でしゅっと風を切り、ハリエットに向かって腕を伸ばす。

「ママ!」

「キスはやめて!」ハリエットはそう言って、ケーティの前をずかずかと通りすぎた。「息子はどこなの?」

リビングはまるで、強盗に荒らされた後のようだった。割れた照明が床の上に散乱し、椅子はひっくり返り、コーヒーテーブルは叩き壊され、食べ物や皿がカーペットに飛び散り、そこかしこに血の染みがついている。

ケーティが部屋を横切ってドアノブに手をかけた。

「こっち」

ドミニクは、乱れたままのベッドのヘッドボードに背をもたせかけて坐っていた。鼻を押さえているタオルは血まみれで、シャツとズボンには真紅の縞模様ができている。両目とも紫に染まり、片方は前が見えそうにないくらい腫《は》れていた。ずたずたになったシャツの下では、あばらのまわりに赤い傷跡が覗いている。ドミニクは押し黙っていたけれど、瞳には憤りをくすぶらせ、風邪をひいているみたいに体を震わせていた。ハリエットがドミニクのもとへ駆けよった。ところが、ドミニクはヘッドボードに体を押しつけ、自分に触れようとするハリエットを拒んだ。

「平気。平気だから」タオルの下でぼそぼそと言いながら、ドミニクは身を引いた。

ドミニクがタオルを下ろしたので、腫れあがった唇や傷跡がしっかり見えた。すでに鼻血はとまり、鼻の穴のあたりで血が黒く固まっていた。ハリエットは洗面所に駆けこみ、そこらじゅうをひっかきまわし、手当たり次第に引き出しを開けてこう言った「この豚小屋にはタオルもないの?」水で濡らしたトイレットペーパーの塊を抱えて出てくると、ベッドの縁《ふち》に腰かけて、ドミニクの顎や鼻のまわりについている血の跡を拭きとっていく。

「誰がやったの?」ハリエットが言った「誰にやられたの?」

「言いたくない」ドミニクはそう言ってから、ドアに素っ気なく寄りかかっているケーティをちらりと見た。ハリエットがケーティをにらみつけた。

「誰がやったの？」

ケーティも口を開かなかった。

「警察は呼んだ？」ハリエットが言った。視線はケーティに注がれている。「あなたに言ってるのよ。警察は呼んだの？」

「母さん、もういいから」ドミニクが言った。

「よくないわよ！」ハリエットが叫んだ「ブラックパンサー〔六〇年代に結成された戦闘的な黒人解放組織〕なんでしょ？　あなたがグループの女に手を出したから、パンサーの連中に襲われたのね」

「おい、やめろって、母さん！」ドミニクが言った。

ケーティ・ダンのけたたましい笑い声が響き渡った。ケーティは腹を抱えて笑い、よろよろとリビングに歩いてゆき、豹の尻尾を上下に揺らしてソファに倒れこんで、狂ったように笑いつづけた。

「ちょっと、やだ……パンサーとか……お願い、やめて！　ママってほんとに素敵な人ね。パンサー！　ああ、もうダメ！」

ハリエットはそれを完全に無視して、自分にとってもっとも好ましい行為、すなわち、わが子の手当てに精を出していた。ドミニクを手助けして、破れたシャツの上にコートを着せる。私たちは二人で、息子の体を支えようとした。けれど、ドミニクは私たちの手をはねつけて、重々しい貫禄とともに立ちあがった。私たちはドミニクの後についてリビングに向かった。

ハリエットが玄関の扉を開けた。

「このおぞましい場所から離れましょう」ハリエットが言った。

ドミニクはどうしたらいいのかわからず、ぐずぐずとその場にとどまり、それからふと、ケーティと視線を交叉《こうさ》させた。

「じゃあね」ケーティが微笑んだ。

ドミニクは返事をせず、振りかえることもなしに廊下へ出た。最後に家を出たのは私だった。

「バイバイ、パパ」ケーティが言った。

「じゃあな、ケーティ」

私は扉を閉めた。

私たちが家に着いたのは、目を充血させた太陽が水平線から顔を出し、東の空を覆うスモッグの外に出て空気を吸おうと喘《あえ》いでいるころだった。ドミニクの内部で起きている天変地異、魂を揺さぶる地震、口にするのも恐ろしい激甚な懊悩《おうのう》を感じとっていた私たちは、帰りの車中では一度も会話を交わさなかった。ハリエットはしばらくドミニクの手を握っていた。けれどそれはひどく冷たく、人をよせつけないところがあったらしく、じきにハリエットは手を離した。私たちは二人とも、人助けをしたというよりは、茶番を演じに行った気分になっていた。ドミニクをケーティのもとから連れて帰ってきたのに、ドミニクは私たちとは別の場所にいた。ドミニクはヴェニスに戻って、いまもケーティの傍らにいる。

私がコーヒーを淹《い》れているあいだ、ハリエットはバスタブに熱い湯を張り、ドミニクの傷を洗い、傷跡に軟膏を塗っていた。白いタオル地のバスローブに身を包んでキッチンに入ってきたときには、いつものドミニクに戻っているように見えた。食器棚のそばにある鏡に自分の姿を映し、変色した目と変わり果てた顔を一瞥して眉をしかめる。息子は深い不安にさいなまれ、心を波立たせていた。私はドミニクのためにコーヒーを注いだが、あいつはそれに手をつけず、廊下を歩いて寝室へ行ってしまった。

ドミニクのうしろ姿を満足げに見つめながら、ハリエットが腰を下ろした。

「これで良かったのよ」妻は言った「おたがいに教訓を得たと思うわ」

「教訓?」私は言った「なんの教訓だ? なにがあったのかさえわからないのに」

「連中は、自分たちの女が白人に掠《かす》めとられるのが気に食わないのよ。私たちだって、向こうに同じことをされたら嫌でしょう?」

「ばかばかしい。黒人と白人のカップルなんて、掃いて捨てるほどいるじゃないか。教会のなかでも見かけるくらいだ。まさか、きみの目には映ってないなんて言わないだろうな」

「ドミニクはケーティを憎んでる!」ハリエットは目を輝かせて言った「そう、心から憎んでる!」

「どうだかな」

「間違いないわよ。あなた、ケーティを見るときのドミニクの表情に気づかなかったの? ケーティが嫌でたまらないって顔だった」

「どうだかな。あいつは尻で女を選ぶ。ケーティ・ダンの尻は、そう長いこと憎めるような代物じゃない」

「うしろに出っ張ってるじゃないの。一目でわかるわ」

「そこがいいと言ってるんだ」

「あなたは間違ってる! 自分の息子のことを、なにひとつわかってない! ドミニクはあなたが考えてるような子じゃないわ」

妻は早くも計画を温めていた。子を思う母の胸に宿る、甘美で夢見がちな母による計画だった。お相手の名前はリンダ・エリクソン、ブロード・ビーチ通りに住むブロンドの女神で、いまだ処女膜に守られており、手つかずで、ハリエットの友人の娘だった。

「狂気の沙汰だな」私は警告した「いまのうちに考えなおせ」

「きっとリンダに夢中になるわ」

「あいつが白人に惚れるはずない」

「ふさわしい相手に出会ってないだけよ。リンダはお嬢さまだもの」

「それこそ、あいつがいちばん苦手な手合いだよ」

「いまにわかるわ」

ハリエットが膝に電話を乗せてダイヤルを回しているあいだ、私は庭に出て、犬の隣の芝生に横になった。あいつの腹をごしごしと撫で（スチューピドはわが家に暮らしはじめてから一〇ポンド重たくなっていた）、私はぽつりとつぶやいた。面倒なことになってきたな。お前だって、どうなるかわからないぞ。

17

その日の夕方、デニー、ジェイミー、ハリエットと私の四人は、夕食の席で顔を合わせた。ドミニクがやってこないので、デニーが部屋まで呼びに行った。すでに六週目の松葉杖をつきながら、重々しい足どりで廊下を進む。デニーはじきに戻ってきて、ドミニクが自分の部屋で私と話をしたがっていることを伝えた。

「私もいっしょに行くわ」ハリエットが言った。

けれど、デニーが言った「母さんはだめ。父さんだけにして」

ハリエットは凍りつき、傷つき、沈黙の殻に閉じこもった。

ベッドの上のドミニクは、足を壁にもたせかけ、すっかりくつろいだ格好で寝そべっていた。私は扉を閉めた。ドミニクが、弓なりの太いパイプでマリファナを吹かしているせいで、部屋中に嫌な臭いが充満している。息子は完全にトリップし、ぼんやりと締まりのない笑みを浮かべていた。

「坐ってよ、父さん」ドミニクはそう促すと、足をさっと床におろした。片方の目は紫に、もう片方は赤に染まり、紫の方は視界をすっかり遮るほどに腫《は》れている。そんな相手に、具合はどうかと尋ねても仕方なかった。傷だらけにもかかわらず、当人は夢の国をさまよっており、醜悪に膨れあがったその微笑みはじつに間が抜けていた。

「なにか話があるんだろ?」

ドミニクは、パジャマのポケットからマリファナの入ったプラスチックの小袋を取りだし、私の膝に放り投げた。「よかったらどうぞ」

「いらん」私はそう言って、机の上に小袋を放った。

ドミニクは笑った。「くそじじい」手を伸ばし、私の膝をぽんぽんと叩く。「俺、父さんが好きだよ。大好きだよ。脚本の仕事はどう?」

パイプが消えたので、ドミニクは火をつけなおした。熱を孕《はら》んだ草から煙の雲が立ちのぼるのを眺めつつ、人間を駄目にするのにじゅうぶんな量の煙を肺いっぱいに吸いこんでいく。息

刊行案内

No. 58

（本案内の価格表示は全て本体価格
ご検討の際には税を加えてお考え

ご注文はなるべくお近くの書店にお願い致
小社への直接ご注文の場合は、著者名・書
数および住所・氏名・電話番号をご明記の
体価格に税を加えてお送りください。
郵便振替　00130-4-653627 です。
（電話での宅配も承ります）
（年齢枠を超えて柔軟な感受性に訴える
「８歳から８０歳までの子どものための」
読み物にはタイトルに＊を添えました。ご検
際に、お役立てください）
ISBN コードは 13 桁に対応しております。
総合図書目

未知谷
Publisher Michitani

〒 101-0064　東京都千代田区神田猿楽町 2-5-9
Tel. 03-5281-3751　Fax. 03-5281-3752
http://www.michitani.com

リルケの往復書簡集二種完結

詩人」「女性」からリルケ宛の手紙は本邦初訳

き詩人への手紙

詩人F・X・カプスからの手紙11通を含む

ナー・マリア・リルケ、フランツ・クサーファー・カプス著
ーリッヒ・ウングラウプ編／安家達也訳

208頁 2000円
978-4-89642-664-9

き女性への手紙

女性リザ・ハイゼからの手紙16通を含む

ナー・マリア・リルケ、リザ・ハイゼ 著 ／ 安家達也 訳

176頁 2000円
978-4-89642-722-6

8歳から80歳までの **岩田道夫の世界** 子どものためのメルヘン

田道夫作品集 ミクロコスモス ＊

フルカラー A4判並製 256頁 7273円
978-4-89642-685-4

は天才だよ、作品が残る。生きた証も人柄も全てそこにある。
はそれでいいんだ。」（佐藤さとる氏による追悼の言葉）

のない海＊

192頁 1900円
978-4-89642-651-9

靴を穿いたテーブル＊

200頁 2000円
978-4-89642-641-0

走れテーブル！ 全37篇＋ぷねうま画廊ペン画8頁添

楽の町のレとミとラ＊

144頁 1500円
978-4-89642-632-8

レの町でレとミとラが活躍するシュールな20篇。挿絵36点。

ァおじさん物語 春と夏＊

978-4-89642-603-8 192頁 1800円

ァおじさん物語 秋と冬＊

978-4-89642-604-5 224頁 2000円

らあらあらあ 雲の教室＊

ュールなエスプリが冴える！ 連作掌篇集 全45篇
下に出ている椅子は校長先生なの？ 苦手なはずの英語しか喋れない？ 空
ら成績の悪い答案で出来た紙飛行機が攻めてくる！ 給食のおばさんの鼻歌
いろんな音に繋がって、教室では皆が「らあらあらあ」と笑い出し……

192頁 2000円
978-4-89642-611-3

ふくふくふくシリーズ フルカラー 64頁 各1000円

ふくふくふく **水たまり＊** 978-4-89642-595-6

ふくふくふく **影の散歩＊** 978-4-89642-596-3

ふくふくふく **不思議の犬＊** 978-4-89642-597-0

ふくふく 犬くん きみは一体何なんだい？ ボクは ほんとはきっと 風かなにかだと思うよ

イーム・ノームと森の仲間たち＊

128頁 1500円 978-4-89642-584-0

イーム・ノームはすぐれた友だちのザザ・ラパンと恥ずかしがり屋のミーメ嬢、そして森の仲間たちと毎日楽しく暮らしています。イームはなにしろ忘れっぽいので お話しできるのはここに書き記した9つの物語だけです。「友を愛し、善良であれ」という言葉を作者は大切にしていました。読者のみなさんもこの物語をきっと楽しんでくださることと思います。

子はいまや、ほとんど放心状態になっていた。体を前後に揺らし、開いた片目をガラス玉のようにぎらつかせ、口を開けたまま呆《ほう》けたように笑い、腫れた唇からパイプをだらんと垂らしている。

「喧嘩について話すために呼んだのか?」私は訊いた。

「喧嘩って?」

「お前をぼこぼこにしたのは、どこの連中なんだ」

「言っても信じないと思うけど」

「言ってみろ」

「ケーティだよ」

「ケーティにやられたのか? あのちっちゃな娘に?」

「ちっちゃなケーティさ」ドミニクは満足げだった。

私は蔑《さげす》みを込めてドミニクをにらみつけた。

「それでお前は、黙って好きなようにさせてたのか!」私は勢いよく立ちあがり、髪の毛をかきむしった。「俺の息子が! 一〇〇ポンドの娘にぶちのめされて、あろうことかへらへらと笑ってるのか! くそ、お前はどこまで落ちぶれたら気が済むんだ? 出来損ないの怪物め、お前はいったい何者なんだ?」

ドミニクはいきなり泣きだした。

「坐ってよ、父さん」

私は腰を下ろし、息子の心をいっしょに整えなおそうとしてその目を見た。涙が筋《すじ》になり顎の方へつたっていく。

「父さんは哀れな耄碌《もうろく》じじいだよ」ドミニクはため息をついた「俺を柔道の教室に通わせたときのこと、覚えてる?」

「お前はなにひとつ学ばなかった」

「俺に期待してたんだよね。ポイント・ドゥームのガキどもを、ひとり残らず叩きのめしてほしかったんだろ?」

「俺が間違ってた。お前はこれまでの人生で、いちども闘いに勝ったことはない。いちばん最近の、相手が女だったやつも含めてな」

ドミニクは泣いた。開いている瞳より、閉じた瞳の方から大量の涙が流れだしてくる。

「俺に喧嘩はできないよ」ドミニクは声を詰まらせて言った「無理なんだ。俺は人を殴りたくない」

ドミニクの口からパイプがすり抜け床に落ちた。私がそれを拾ってやると、ドミニクはまた煙を吸おうとしたが、すでに火は消え、葉っぱは涙に湿っていた。息子は泣き、パイプを吹かし、また泣いていた。どうしようもなく滑稽で、気詰まりな状況だった。私はマッチに火をつけ、パイプの火皿の上にかざした。ドミニクは体を揺らし、泣き、マッチはパイプの揺れを追って行ったり来たりを繰り返した。

穏やかに、さとすように、私は言った「つまり、俺が言いたいのは、男の人生には闘わざるを得ないときもあるってことだ。たとえ本人がそれを望まなくても、たとえ相手が恋人だったとしても。ドミニク、お前はそう思わないか？」

「ケーティは恋人じゃない。俺の妻だよ」

マッチが自分の指を焼くまで、私はドミニクを黙って見つめていた。

「いつからだ？」

「この世に時間が生まれたときから。最初の生命が母なる海に生まれたときから。最初の銀河が爆発したときから……」

「うるさい！　籍を入れたのはいつなんだ？」

「去年の十二月」

私は呻《うめ》きを漏らした。

ドミニクは膝のあいだに顔をうずめ、すすり泣きに身を震わせている。私はドミニクの痛みを感じとった。黒人娘と結婚したことが痛みなのではない。痛みはこれからやってくる。適応の苦しみ、子供の誕生にともなう痛み、ほんとうなら避けられたはずの無益で不毛な痛み、こいつの父親になった瞬間から続いている私の痛み……。

「しかし、そうは言っても」ただただその場の空気を変えたいがために、私は口を開いた

「そうは言っても、たとえケーティがお前の妻だったとしても、やられてばかりはまずいだろう。男なら、自分の女を扱う術《すべ》を身につけておくもんだ」

ドミニクは顔を上げ、涙に濡れた片目を大きく見開いて私を見た。

「ケーティは妊娠してる」

「妊娠まで？」

ドミニクが頷くと、膝の上にできた水たまりに涙の粒がはらはらと舞い落ちた。

「ああ、まったく」私は言った「大丈夫、たいした問題じゃない。妊娠してからどれくらいだ？」

「六週目」

「まだ間に合う。まだ堕《お》ろせるぞ」

「向こうもそう言ってる」

「ケーティは偉いな！」

「違うんだって。俺は産んでほしいんだ。ケーティは産みたくないんだ。だから喧嘩になったんだよ」

「産んでほしい？　なんでだ？」

「俺の子なんだ。そりゃ欲しいよ」

息子を見つめる私の肩に、どっと疲労がのしかかってきた。相手のことを理解するには疲れすぎてしまい、私は急に、どこかに穴はないかと考えはじめた。そう言えば、ロッコの隣の囲いの裏手に、私にぴったり合いそうな深くて立派な穴があった。泥の毛布を自分の体にひっかぶせて、息子の苦悩といっしょに穴のなかに隠れたかった。

どうしてこいつは、自分のあれをケーティのなかにねじ込むだけでよしとしないのか？　どうしてこいつは、外科医に頼んで妻の体のなかのものを掻きだしてもらわないのか？　いったいなんの権利があって、自分自身に、自分の子供に、俺の孫に痛みを強いるつもりなのか？　黒かろうが白かろうが、生まれてくるだけでじゅうぶんに災難なのに。いやむしろ、その子は黒くて白いのか？　なんだか急に、自分で決められない赤ん坊がかわいそうになってきた。

ドミニクは坐ったまま、おいおい泣き、意識を朦朧《もうろう》とさせ、わかってほしいと私に乞うた。これでも聡明な子供だったのだ。生まれてから十四ヶ月でアルファベットを覚えはじめ、三歳で絵本を読めるようになり、四歳にして巧みにチェスを指し、そしていま、息子は世界を、私の世界を虚仮《こけ》にしていた。

私は怖くなった。息子が奇妙で、無気味に映った。なんてこった、ひょっとしてこいつは聖人なのか、マルゲリータ・ダ・コルトーナの生まれ変わりか？　死体を洗い、怪我人の膿《うみ》を舐め、真の十字架に打ちつけられた聖なる釘にキスするために、丸石で舗装された中世の道を腹ばいになって進むことに喜びを感じる狂った聖者なのか？　ぐしゃぐしゃにつぶれた顔と開いている方の目を見つめ、私は怯えた。息子が背負おうとしている十字架の途方もない重さを感じ、地面に倒れこみそうになった。

ドミニクは片目で笑い、くすんだ色合いの顔に別の表情を作った。「気の毒なじいさんだ。恥ずかしいんだろ。自分の長男が恥ずかしいんだ」

「まあ、それはいつものことだ」私は言った。

「あんたの息子がウィリー・メイズだったらよかったのにな。それならこんな苦労することもなかったのに。それともダイアナ・ロスの方が嬉しかった？」

「おい、黙れ」私は言った「俺がいま悩んでるのは……お前の母親にどうやって伝えたらいい？」

「母親には、父親がぜんぶ話してくれるよ。夫婦ってそういうもんだろ。病めるときも、健やかなるときも、死が二人を分かつまで、神聖なる結婚生活は続くんだからさ」ドミニクはドアの方に腕を振った。「ほら、行って。自分の務めを果たしてきてよ」

「そうするしかなさそうだな」

「よろしくね。白人でアングロサクソンでプロテスタントの母親に、いい報せを届けてやって。こんな風に話すといいよ。今日、ベツレヘムで赤子が生まれ、宿に部屋の空きはなく、厩《うまや》の前で天使が歌い、そこでは粗末な布に身を包んだ赤ん坊が、飼葉桶《かいばおけ》のなかに横たわっておりました。赤ん坊をいじめないように言っといてね。だってその子は、世界の救い主になるかもしれないんだから」

パイプがドミニクの口から滑り落ち、床に当たった。私はそれを拾い脇にのけた。

「家に戻って、自分の妻とのごたごたを片づけてきたらどうだ？」私は言った。

「俺を悪く思わないで、父さん。頼むよ」

そこに坐っているのは、腹に一段の脂肪をつけ、顔を腫らして形なしにした、太い足にがっしりとした肩の息子だった。私は不意に、息子を抱きしめてやりたくなった。まだとても小さかったころ、ゴールデンゲート・パークの暖かな昼下がり、広げた私の腕のなかではじめて歩いたときのあいつに戻してやりたかった。

「夕食はどうする？」

ドミニクはいらないと答え、私は部屋をあとにした。

18

キッチンに戻ると、ハリエットがドミニクの食事を小洒落《こじゃれ》た盛り皿によそっていた。テーブルにはワインもあるし、みずみずしいバラを挿した首の長い花瓶まで置いてあった。妻はうらめしそうに私を見た。

「私が聞いちゃいけない話って、なんだったのかしら」

「まあ、いろいろだ」

「二人でなにを話したの？」

「一般的な事柄だな」

「ああ、そう」妻は冷ややかに言った。

「ハリエット、あいつはそうとう落ちこんでるよ」

「あんなことがあったんだもの、仕方ないわ」ハリエットは皿を片づけはじめた。「リンダ・エリクソンのこと、話してくれた？」

「いや。いまはやめたほうがいい」

「なら、私に任せておいて」

ハリエットはドミニクの部屋に行き、私は食卓でデニーとジェイミーに合流した。

「リンダ・エリクソンがどうかしたの？」デニーが尋ねた。

「母さんの頭のなかに、なにか計画があるらしくてな」

「ドミニク？」ジェイミーがにやりと笑った。「そりゃいいや」

私は自分の席に坐り、ラムチョップを何本か皿に取った。「デニー、足はどうなんだ？」

「見通しは良くないね」

「見通し？　どんな？」

「新しい医者に診せたんだ」

「今度は誰だ?」

「アバークロンビー。整形外科医だよ」

「はじめて聞くな」

「コンプトンの医者だから」

「コンプトン? じゃあ、黒人か」

「なにか問題でも? いい先生だよ。いったいどこが悪いのか、すごく丁寧に診てくれたんだ」

「それで、なんて言ってた?」

デニーはラムの骨をかじった。「たぶん、死ぬまで障碍は残るってさ」ラムの骨ごしに私を見つめ、しごく満悦そうにあいつは言った。

「うそっ。きついね」ジェイミーが言った。

「そうか、お前にとっては吉報だったな」私は言った。

「まあ、なんとかなるよ」

「俺は、きっと治ると思う」ジェイミーが言った「ちゃんとした医者が診たら、診断も変わるかもしれないし」

「アバークロンビーは名医だよ。念のため、お前にも連絡先を伝えておこうか?」

「ありがとう」ジェイミーが言った「なにがあるかわからないもんね」

「いまに付けが回ってくるぞ」私は言った「これは子供相手のお遊びじゃない。お前はアメリカ合衆国の軍隊をおちょくってるんだ。向こうはありとあらゆるペテンを知りつくしてる」

デニーは衝撃を受け、瞳を大きく見開いた。

「軍隊となんの関係が?」

「いい加減にしろ、デニー。俺はお人好しの間抜けじゃない。お前の考えてることなんてお見通しだ。人をからかうのはやめろ」

デニーは悲痛な驚きに包まれ、ふるふると頭を振った。

「驚いたな……まさか実の父親が!」

これ以上、息子の三文芝居にかかずらうのはごめんだった。なんの障碍もない障碍者に敬意を払い、まわりからの配慮と憐憫を享受させるような日々を、いったいいつまで続けたらいいのか。この俳優はふたたび舞台に戻り、自らが作り出した虚構への信頼を、唖然とするほどの厚かましさでひけらかしていた。こいつのせいで夕食は台なしだ。おまけに、いっそう悩ましいドミニクの件が後に控えている。

目の前の息子二人は、夕食の前にドミニクの部屋で一時間かそこら過ごしていた。それなのに、兄の人生に訪れた危機について、ひとことも触れようとしない。それはじつに雄弁な態度だった。自分たちのことを外には漏らさない、とりわけハリエットと私には明かさないという、兄弟間の掟が存在するのだ。その仲間意識は浅ましく不愉快だったが、それでいて堅固であり、必要でもあって、私がとやかく言う筋合いのものではなかった。

デニーは松葉杖をつき、ひょこひょこと部屋から出ていった。一方のジェイミーは、コーヒーを飲みながら煙草をくゆらせ、自分の席でぐずぐずしていた。考えごとをしているようだが、口を開こうとはせず、なにか悩みがあるような雰囲気を漂わせている。

「これ、見せておいたほうがいいと思って」ジェイミーはそう言って、折りたたまれた用紙をポケットから抜き出して私に渡した。サンタモニカの徴兵委員会からの手紙で、五月一日、すなわち一週間後に出頭し、資格審査を受けるようにと記されていた。

「形だけの審査だな」私はそう言って、手紙をたたんでジェイミーに返した。「お前の成績なら、なにも心配しなくていい」

ジェイミーはきまりが悪そうに首をさすった。

「まあ、父さんはそう思ってるかもしれないけど」

「どういう意味だ?」

「歴史と英語を落としたんだよ」

「合格したと言ってたじゃないか」

ジェイミーは力なく笑った。「そうだっけ?」

「つまり、嘘をついたんだな」

息子は頷いた。

「じゃあ、お前は屑の木偶《くずでく》だ。たぶん徴兵されるな。男らしく罰を受けてこい」

「徴兵委員会の事務所まで、いっしょに来てもらえるかな?」

「お断りだ」

けれど、どうせ自分は行くのだろうと私は思い、ジェイミーも同じように考えていた。

そのとき、ハリエットが床を踏みならしてドミニクの部屋から戻ってきた。キッチンがひっくり返るような騒ぎが起こった。鍋とフライパンがぶつかり合い、皿が鳴り、グラスが砕ける音が響いた。テーブルを立ってキッチンを覗いてみると、ハリエットがしゃがみこんでグラスの破片を集めていた。

「どうかしたか?」

「あんな子は地獄に落ちればいい。もう降参よ」

「なにを言われたんだ?」

「リンダ・エリクソンを罵倒したの。不潔すぎて、とても口にできないような言葉だった。リンダのこと、知りもしないくせに」

結婚とケーティの妊娠について、少しでも仄めかしてくれたのかと期待したが、どうやらその役目はまだ、私に担わされたままと見るしかなさそうだった。そのとき、私はひとつの出口を、ハリエットにとっても、自分にとっても痛みのない解決策を見つけた。

グラスの破片を拾っているハリエットをキッチンに残して、私はドミニクの部屋に向かった。

ドミニクはスーツケースに荷物を詰めているところだった。

「ちょっとマリファナをわけてくれ」

「どうぞ」息子は言った。

プラスチックの小袋から封筒へ一オンスほど移し替え、煙草の巻き紙も何枚か拝借した。

「作家は吸わない方がいいらしいよ」ドミニクが言った「ノーマン・メイラーが言ってたんだ。脳みそに穴が空いて、その場にふさわしい言葉がみんな漏れていくんだって」

「言葉なら普段から漏れっぱなしだ」私はスーツケースに視線をやった。「もう戻ってこないつもりだな」

「俺の車はケーティのところに停めてあるから、町まではデニーに乗せてってもらう」

「母さんのことはどうするんだ?」

「自分がなんとかするって言ってたじゃないか」

「別れの挨拶もなしに行くのか?」

「デニーの準備ができたらすぐに、勝手口から出ていくよ」片目の顔が大胆にも、壊滅的な笑みを作った。「じゃあね、父さん。いろいろとありがとう」

あいつは確かにそう言った。いろいろとありがとう。断りもなく命を与えてくれてありがとう。闘いと憎しみと押しつけの世界へ引っぱり出してくれてありがとう。僕を学校に放りこみ、欺《あざむ》いたり、偽ったり、ひがんだり、虐《しいた》げたりすることを学ばせてくれてありがとう。僕が一度も信じたことのない神や、ただひとつの真の教会や、そのほかクソッタレのなんやらかやらを背負わせてくれてありがとう。いつの日か命取りになりそうな車への情熱を吹きこんでくれてありがとう。男が女に恋をして、正義がいつも悪に打ち勝つ陳腐な脚本を書き散らしているお父さん、ありがとう。今日までのすべてに、ありがとう。

「じゃあな。たまには連絡しろよ」

部屋を出て、心のなかでつぶやいた。二人減って、あと二人。かわいそうなハリエット。主が彼女をお救いくださいますよう。

デニーとドミニクがいなくなり、ジェイミーは部屋で眠り、私たちはリビングのテレビで十一時から始まる映画を見ていた。ハリエットはシェリー酒を啜り、私はパイプを吹かしながら温かな紅茶を飲んでいた。草はシャツのポケットに忍ばせてある。問題は、どうやってこいつをハリエットの肺に潜りこませるかということだ。私の妻は、草をもてあそぶくらいなら、阿片《あへん》を吸った方がまだましだと考えるような、鉄の意思を持った人びとの仲間だった。私はマリファナには詳しくないが、それでもこれまでの人生で五、六回は試した経験がある。父の死を知ったときも、マリファナで心を鼓舞すればよかったのかもしれない。実際には、私は胸が悪くなるまで酒を呷《あお》り、悲しみをいっそう深くしてしまった。けっきょく、父が死んでからもう十年になるというのに、私はいまだにその死を嘆き悲しんでいる。マリファナを吸えば、なにかが変わるかもしれない。それは、崩壊する世界を前にしての確かな癒しだと言われている。映画がきっかけを与えてくれた。それは文字どおり、死を想起させるフィルムだった。主演はキャロル・ロンバードで、彼女はすでに他界していた。ジョン・バリモア、ライオネル・バリモア、ユージーン・パレット、あるいはそのほかの脇役陣にかんしても同様だった。監督も脚本家もプロデューサーも、すでにこの世を去っている。フィルムのなかで動いている、哀れで、愛らしくて、美しい被造物である役者たちが、いまや墓穴のなかで肉を腐らせているとは、なんと悲しいことだろう。それはとても悲しいことだね、と、私はハリエットに語りかけた。

私は立ちあがり、少量のスコッチを紅茶に注いだ。コマーシャルになると、私はまた立ちあがり、またスコッチを注いだ。悲しいね、と私は言った。とても胸の痛むことだね。人生も同じように悲しいね、短くて悲しいね、と私が言うと、ハリエットは同意した。そう考えると、気持ちが暗くなって惨めになるね、と私が言うと、ハリエットは私の手を取り、微笑み、そんなふうに言わないで、と言った。

私は言った「この罠から逃れる唯一の方法は、どこかへ行くこと、なにかをすること、ほんの束の間でもいいから、僕らに降りかかった災難を忘れることだ」

ハリエットが言った「まだ十一時半よ。ドライブがてら、コックンブルでも行ってみたら?」

「そういうことがしたいんじゃないんだ。僕は平穏を求めてる。この危機を乗り切るための、ちょっとした陶酔が必要なんだよ」

「飲んだらどう?」ハリエットが言った。

酔いたいわけじゃないと私は言った。ただ、子供たちがしているようなやり方で、全面的な逃避を試みてみたいだけだ。たとえば、そう、マリファナを吸ったりして。

「試してみたらいいじゃない」ハリエットが言った「あの子たちの部屋に行けば、きっとすぐに見つかるわ」

「もう、ここに持ってるんだ」私はシャツのポケットを叩いて言った。

「あら、そう」ハリエットが言った「吸いたいなら、どうぞ遠慮しないで」

「ひとりでか? マリファナはひとりで吸うものじゃない。こいつを楽しむには、ほかの誰かと喜びを分かち合うことが大事なんだ」

「ここには私しかいないわよ」

「なら、きみが付き合ってくれないか?」

「私は嫌よ」

「そうだろうな」私は鼻で笑った。

「ごめんなさい」

「ほかの誰でもない、きみに頼みたいんだ」

「でも、私はほんとうに嫌なの!」

「優しさにつけこまれ、この家で誰よりも苦しんでいるきみに……家族にあらゆる犠牲を捧げながら、まわりの世界が音を立てて崩壊していくのを目の当たりにしているきみに……」

「私の世界はどこも崩壊してません」

「きみは誰よりもこいつを必要としてる。それなのに、きみはこいつを拒むわけだ」

「必要なもんですか」

「たぶん、きみが正しいんだろう。意志の力を奮い立たせ、歯を食いしばり、なんとかその場に踏みとどまって、罰を飲みこんでしまう方がいい。炉が熱ければ熱いほど、上質な鋼《はがね》が生まれるからね。忘れてくれ。ただし、僕が隣で吐くまで酒を飲みつづけても、どうか怒らないでくれよ。追いつめられた父親は、もう酒にすがるしかないんだ。それもだめなら、バーに行って娼婦を引っかけてくるしかない」

ハリエットはふたたび私の手を取った。「ねえ、あなた、どうかそんなことは考えないで。気をしっかり持たないと」

「なにが結婚だ、とんだお笑いぐさだな！　ほんのいっとき、いっしょにマリファナを吸いたいだけなのに、妻はそれさえも拒絶する。ちくしょう、僕はなにもヘロインをきめようと言ってるんじゃないんだぞ。僕はただ、僕ら二人で、夫と妻の二人で、たがいに手をとり幸せの国へ行きたいだけだ。そこでは束の間、この世の悲惨さを思い出さずにいられるから」

「吐き気を起こしそうで怖いのよ」

「吐き気だって？　むしろ、健康を増進する作用があるのに！　煙が体を解きほぐし、心を浄《きよ》め、魂を元どおりにしてくれるんだ」

ハリエットはすこしのあいだ押し黙り、軽く爪を噛んでいた。

「わかったわ」妻は折れた。「でも、あとでぜったいに吐くと思う」

私は胸に手を当てた。「けっして吐き気を催さないと、僕の名誉にかけて誓うよ」

「ならいいけど」

テレビ画面の薄明かりにぼんやりと照らされながら、私は煙草の巻き紙でマリファナを包み、二本巻いたうちの一本をハリエットに手渡した。「煙草のように吸えばいい。深く呼吸するんだ。急いで飲みこむのはよくない。ゆっくりと、力を抜いて味わってくれ」

「なにも感じないわ」

草に火をつけ、私たちは黙って煙を吸った。ハリエットは何度か、深く肺に吸いこんでいた。

「我慢だ。すぐには効いてこない。焦っちゃだめだ」
二、三度吸ったあとで、私のマリファナは火が消えたが、そのまま放っておいた。ハリエットは、火がフィルターに達して消えるまで吸っていた。それから、けだるく満ち足りた顔つきで椅子の背にもたれかかり、半開きになった目で映画を見つめた。私は妻に、どんな気分か尋ねてみた。
「なにも感じないわ」妻は微笑んだ。

一〇分が経過した。

「私は子供たちを誇りに思う」ハリエットが言った「子供たちを心から愛している。あの子たちは恐ろしい世界に生きているのに、未来と向き合う勇気を持ってる。もう、なにも心配することはないわ」

話すならいまだと私は思った。

「ドミニクの結婚の件、本人から聞いたか?」

「ドミニク? 結婚したの?」

「クリスマスの日に、ケーティと籍を入れたらしい」

「知らなかった」

「ケーティは妊娠してるそうだ」

「素敵ね」

横を向くと、ハリエットは大きなリクライニングチェアに身を沈めていた。泣いている。ハリエットは二時間にわたり泣きつづけ、しまいには放送の終わったテレビ画面の白い瞳に見つめかえされ、頬を転がる涙の粒がテレビの光をきらきらと弾《はじ》いていた。

「私、すごく幸せ」妻は何度も繰り返した「すごく幸せよ」

おぼつかない足どりで寝室へ向かうあいだ、ハリエットはなにかに怯え、体に蜘蛛の巣でも絡ませたみたいに手足をばたつかせながら、私にきつくしがみついていた。私は妻をベッドへ導き、楽な姿勢をとらせてやった。首は壊れた人形のようで、両手は手袋のようにぐにゃりとしていた。妻は愛情を欲し、私の顔をさすって甘い言葉をささやいた。私の肩に頭をもたせかけたはいいものの、あまりに気分が高揚していて、私にキスすることもままならなかった。妻の頭を枕に置き、自分で脱げなかった分の服を脱がしてやると、私はその肌の白さに、甘やかな桃色に染まる乳首に驚嘆を覚え、かつて四つの口がここから生きる糧《かて》を得ていたことを思い出した。これは染めているのかと訝《いぶか》しみつつ、黄金《こがね》色の毛が茂るあそこにそっと触れた。俺のものだ。頭からつま先まで、俺のものだ。急に私は、妻とやらずにはいられなくなり、服を脱いで、我を忘れたように飛びかかった。レイプと変わらなかった。されるがままの妻の身振りが、歯止めのきかない興奮に拍車をかける。まだ手つかずの割れ目や裂け目を見つけながら、私は悪辣な喜びとともに妻を犯した。これまで妻と過ごしたなかで、もっとも烈《はげ》しい喜悦に包まれた夜だった。そのあいだ、妻はずっと眠っていて、記憶もなく、朝になって目覚めたときには、なにひとつ覚えていなかった。

19

いままでずっと、ジェイミーのことは気にかけてこなかった。そもそも、ティナからろくに間を置かずにこの三男が生まれてきたことに、私はひどく不満だった。赤ん坊のころのティナは、身の毛もよだつような声で、力の続くかぎりひたすらに泣きまくり、私の神経を苛立たせ脅かしていた。三人でじゅうぶんだと確信した私は、ハリエットに懇願した。やめてくれ、もうたくさんだ。かならずペッサリーをつけて、正しい位置にあることを確認してくれ。すると、ハリエットは恐慌をきたし、隣の部屋に行ってティナといっしょに泣きわめいた。ジェイミーを身ごもったことに気づいたとき、ハリエットは私の反応を恐れ、三か月が過ぎるまで妊娠の件を伏せていた。

私の対応は、クソ野郎の見本と呼ぶにふさわしかった。家を飛びだし、パームスプリングズに暮らす酒浸りの作家のもとで二週間を過ごした。この作家には六人の子供がいて、自分がアル中なのはガキどものせいだと言っていた。堕胎させると心に決めて戻ったものの、当然ながらもはや手遅れで、ハリエットは私を嫌悪し、二度と帰ってくるなと言い放った。けれど、憎悪と必要に目がくらんだ私たちは、もうすぐ生まれてくる子供のことは忘れたようなふりをして、危うい休戦協定を交わした。

それはハリエットにとって、恐ろしく耐えがたい試練だった。妻の腹が膨らむにつれ、私のなかの怪物も大きくなっていった。私は日がな一日ワインを呷《あお》り、椅子の上にぐったりもたれて悪意を撒き散らし、言葉の刃で妻を罰し、せせら笑い、椅子に沈み、日増しに大きくなる丸い腹から後じさっていた。

ハリエットは三人の子供の面倒を見ながら妊娠期間を乗り切っただけでなく、私を発生源とする絶望の渦巻きからも生還してみせた。三男が生まれる二週間前、ローマ行きの仕事が私のもとへ舞いこんだ。いつもの椅子から私がいなくなることをハリエットはたいそう喜び、一刻も早くその場を離れたかった私は、スーツケースに荷物も詰めずに家を発った。

ローマから戻ってきたとき、ジェイミーはすでに生後五ヶ月を迎えていた。そのころになってもまだ、私はこの息子を忌み嫌っていた。なにしろこいつは、さしこみを患っていたために、ティナに輪をかけて泣いてばかりだったのだ。ほんとうに、子供の泣き声というやつは！　粉ガラスを飲まされようが爪を剥がれようが構わない、しかし、子供の泣き声だけは勘弁してくれ。それは臍《へそ》のずっと奥を傷つける、私の生のそもそもの始まりを傷つけるから。

ハリエットは父親の名前をとって、三男をジョセフと名づけた。ところが、この息子はすこしも「ジョセフ」という感じがせず、ジェイミーと呼んだ方がしっくりきた。そのうち、あだ名の方が定着し、私たちは正式に三男の名前を変更した。

ジェイミーのための時間はほとんどなかった。騒ぎを起こすのはいつだってドミニクかティナ、そしてときたまデニーであって、この巻き毛で薄茶色の瞳をした末っ子ではなかった。新しい一日の始まりをいつも笑顔で迎え、はじめて学校に連れていったときもほかの三人のように泣きわめくことはなく、誰からも話し方を教えてもらわなかったせいで、いつもためらいがちに、たどたどしく喋っていた。けれど後に私たちは、ほんとうはジェイミーが、校庭の砂場にひとり坐って、毎日すこしだけ泣いていたことを知った。どうして泣いているのかと教師が訊くと、目にゴミが入ったのだとあいつは答えた。

ジェイミーが六歳のとき、近所で催されていた独立記念日のパーティーに連れていったことがあった。百人はいようかという客人のあいだを縫って歩きながら、あいつは見るものすべてに驚き、胸を躍らせていた。帰りしなにハリエットが、今日は楽しかったかと息子に尋ねた。ジェイミーは目を輝かせ、男の人から話しかけられた、黒い帽子をかぶった立派な人だったと返事をした。どんなふうに話しかけられたのかとハリエットが尋ねると、ジェイミーは甘美な記憶をいとおしみつつ、ふっとため息をついて答えた「あの人はこう言ったよ〈そこをどいてもらえるかな、坊や〉」

ジェイミーとはそういう子だった。花、木やサボテン、蜘蛛、芋虫、ヒトデや貝殻、ミミズや鼠や犬や猫やリス、馬や人を、心から愛していた。私たちはジェイミーの成長ぶりを、ろくに心配してこなかった。すがすがしいほど、なにも求めてこない息子だった。学校をさぼることも喧嘩に巻きこまれることもない。パトカーに乗って帰宅して、学童による施設破壊の危険性をめぐる保安官代理の講釈を、両親に拝聴させることもない。人のものをくすねることも、酒を飲むことも、車を壊すことも、ビーチでマリファナパーティーに参加することも、若い娘を孕《はら》ませることも、家出することも、嘘をつくことも盗むことも騙すこともない。

成績優秀で、清潔で、身なりはこぎれいで、目の前に置かれたものはなんでも食べ、一日中バスケットボールをして過ごし、夜はかならず母親におやすみのキスをする。そんな子供に、誰が注意を払うというのか？　子供が私の視界に入るためには、車を壊したり、松の木にとまった鶉《うずら》を撃とうとして私のショットガンをくすねたり、違法なエビ捕りかごを設置して猟区監視官に捕まったり、崖から落っこちて砂地に叩きつけられたり、恋人の生理がきますようにと祈って爪を噛んだり、溺れているところを救出されたり、あるいはパーティーを開いて窓を割ったり家具を壊したりといった具合に、なにか人目を引く行為に及ばなければならなかった。ジェイミーはそういう子ではない。突然変異のように生まれ、本流から外れたところをぷかぷかと浮遊している、どこまでも退屈な堅物《かたぶつ》だった。

そして突然、視界の外から致命的な一撃が飛んできた。どうやら私たちのジェイミーは、両親が思っているほど立派でも完璧でもなかったらしい。ひょっとしたら、親の気を引くために、あえて事に及んだのかもしれない。かかる目論見のもと、大事な科目を二つも落とし、自ら進んで徴兵委員会の関心を招きよせたとも考えられる。ところが、この息子の精神の構造は、私たちが想像するよりも複雑だった。

書面の形で示されて、ようやく私たちは納得した。その手紙は、学部長室からジェイミーに宛てて送られてきた。息子がすぐに気づくようにと、ハリエットはそれを電話のそばに立てかけておいた。なにか重要な報《しら》せであることを感知した私は、封筒の中身を透かし見た。そして、自分宛てでない郵便物を勝手に開けてはならないという、家族の神聖なルールを犯すべきか否か思案した。良心の声のせいで十秒ほどぐずぐずさせられたあと、私はけっきょく封を開けた。

そこには、ジェームズ・モリーゼ〔「ジェイミー」は「ジェームズ」の愛称〕にたいする簡潔にして非情な連絡事項が記されていた。合計四十二日間の欠席が確認されたため、貴殿がシティ・カレッジから除籍されたことを、本書面の送付をもって通知いたします。

「退学だ。追い出されたぞ」

「勝手に開けたらまずいわよ」ハリエットが眉をひそめた。

「四十二日も！　あいつはいったいどういうつもりだ？」

「関係ないわ。あなたには、ジェイミー宛ての手紙を開ける権利はない」

そろそろ夕食という頃合いになって、ジェイミーは手ぶらで帰宅した。

「教科書は？　置いてきたのか？」

不安げな目つきでちらりとこちらを見てから、ジェイミーは私に背を向けた。

「だったらどうなの？」ジェイミーが言った。

私は封筒をつかんでジェイミーに渡した。息子は開いた封筒を指先でもてあそび、表情を曇らせた。中身を確かめる労もとらずに、あいつは手紙をテーブルに放った。

「大学は辞めたんだ」

「お前が辞めたんじゃない。向こうがお前を追い出したんだ」

「辞めたんだって！」ジェイミーは言い張った。

「けっきょくお前も、兄二人に似て無能だったんだな。俺はずっと、お前だけは別だと思ってたんだが」

「お願いだから黙ってくれる？」ハリエットが割って入った「ジェイミー、なにがあったの？　どうして大学を辞めたりしたの？」

「仕事を始めたんだ」自分の両手を見つめながら、ジェイミーが言った。

「いったいお前は、いくつ仕事を抱えてるんだ？」私は訊いた「スーパーで働いてるんじゃなかったのか？」

「スーパーは辞めた。いまは子供向けの診療所で働いてる」

「なにをしてるんだ？」

「教える仕事。運動とか、工作とか。ほかにもいろいろ」

だんだん事情が呑みこめてきた。これもまた、デニーのケースと似たような、巧妙に仕組まれた計略なのだ。私はすこし安心した。ともかくも、知恵は働かせているわけだ。

「悪くないな」私は言った「それなら、委員会もお前の徴兵を延期するはずだ」

「俺はただのボランティアだよ」いささか恥じ入るようにして、ジェイミーが言った「病院から給料はもらってない」

「無償で働いてるのか？」

「仕事の内容が好きなんだ」

「気が触れたか？　〈慈善を為すならまずわが家から〉だろうが」

緑がかったその瞳からは、いかなる敵意も読みとれず、ただ熱意と同情だけが感じられた。

「父さんならそう言うだろうってわかってた。だから言えなかったんだ」

夕食の席で、診療所の仕事内容について詳しく知ることができた。ジェイミーは週に五〇時間働き、昼食は無料で提供されている。三〇マイル離れたカルヴァーシティの診療所まではヒッチハイクで行き来しており、都合がつくならデニーの車で送ってもらうこともある。足の不自由な子供を車いすに乗せて押したり、ジェットバスに入れたり、具合の悪い足をマッサージしたりする。歩いたり走ったりできる子供たちには、ボールの蹴り方や投げ方を教えてやる。主だった仕事はそれくらいで、あとはトイレを掃除したり、マットに掃除機をかけたり、洗濯を手伝ったりして過ごしている。

「人手が足りないんだ」ジェイミーは言った「手助けが必要なんだよ」

話を聞きながら、私は深い驚きに襲われていた。息子のことを、なにひとつわかっていなかった。息子がいきなり、得体の知れない他人になってしまった。なら、この家からもうひとりの殉教者が出たということか。ケーティ・ダンの祭壇に自らを生贄《いけにえ》として捧げたドミニクに続き、今度はジェイミーが不具の子供たちに奉仕している。くだらない脚本を書いて週に一五〇〇ドルを稼ぐ（ただし仕事があるときに限る）父親との、いったいなんという違いだろう！　犬のことはわかって子供のことがわからないのも当然だった。自分にはもう小説が書けないのも当然だった。書くためには、愛さなければならない。愛するためには、わからなければならない。ジェイミーと、ドミニクと、デニーと、ティナのことがわかるまで、私はもう、けっして小説を書かないだろう。そして、子供たちのことがわかり、子供たちを愛したとき、私はすべての人間を愛し、私の目に映る荒《すさ》んだ世界は、柔らかな美となって私を取りまき、私の指とページの上を駆け抜ける電気のように、なめらかに流れていくことだろう。

20

ジェイミーは何日か、私の車で仕事に行った。そして金曜日、私たちはいっしょに町へ出た。それは私たち二人にとって、重要な意味をもつ一日だった。私は九時半にサンタモニカで失業保険を受けとり、ジェイミーは十一時にブレントウッドの徴兵委員会のもとへ出頭することになっていた。

児童診療所にジェイミーを送りとどけてから、サンタモニカまで引き返し、時間に余裕をもってC窓口の列に並んだ。そこにいるのはおなじみの顔ぶれだった。列に並ぶ恥辱から痛みを取り除く術を心得ている、ショービジネスの関係者たち。テレビ向けのホームドラマを手がける冗談好きの脚本家、大転《おおこ》けしたマーロン・ブランドの最新作で脚本を担当した陰気なげじげじ眉、「ダニエル・ブーンもの」を十篇書いたパイプ愛好家、気難しくてけんか早い監督たち、小粋な仕立て服に身を包んだ性格俳優たちが、電気技師や、農家や、アポロ計画に携わっていたことをしきりに伝えたがっている科学者たちに混じって、三列に並んでいる。作家の口から流れでるのは、楽観論とたわ言ばかりに聞こえるけれど、それでいて奇妙なことに、彼らが語っているのは真実だった。ある週には、六五ドルの失業手当を受け取るために列を作り、また別の週には、出張やら、現地撮影についての契約締結やらで、ヨーロッパへ飛んでいくのだ。ひょっとしたら、自分はこの集団のなかで、ただひとりの真正の嘘つきかもしれない。なぜなら私は、近ごろは小説を書いていてね、という古色蒼然たる常套句を愛用し、仕事の具合を訊かれるたびに、単純かつ直截に、「絶好調！」という答えを返していたから。

カルヴァーシティに戻るあいだ、太陽は明るく輝き、スモッグを鮮やかなオレンジ色に染めていた。児童診療所の正面に車を停める。二階建ての新しい施設で、外壁にはスタッコが塗られているが、早くも汚れがこびりつき、まるで建物のなかの哀しみを覆いきれなかったかのように、みずぼらしい外観をさらしている。隣接する運動場を囲う高さ十フィートのベニヤ板の柵は、去年の十一月に行われた選挙のポスターで埋めつくされている。すぐそばに、黒人やチカーノ〔メキシコ系米国人〕が居住する地区があり、二区画先ではサンディエゴ・フリーウェイが轟音をとどろかせている。柵の向こう側では子供たちが遊んでいて、小さな声が空中で鳥のように羽ばたいている。

受付にいた黒人の若い娘が、ジェイミーは運動場にいると言い、横手の通用口をあごで示した。硬い地面の埃っぽいグラウンドで、十人かそこいらの、ほとんど黒人からなる子供たちが遊んでいた。松葉杖をついている子や脚にギプスをつけた子が、シーソーで遊んだり、きいきいと音を立てて回転木馬を押したりしている。そんな子供たちを、白い制服を着た黒人の看護婦が見守っていた。

ジェイミーは、運動場の突き当たりにある砂場で、二人の少女と遊んでいた。ひとりはチカーノで、もうひとりは黒人だった。三人のまわりには、水の入ったバケツがひとつと、いくつかのパイ皿が置かれていた。泥でパイを作っているらしく、三人の手は水を含んだ茶色い土でべたべたになっていた。

そばへ行くと、ジェイミーがこんなことを言っているのが聞こえた。「パイにシナモンをかけてみようか」

片腕のない黒人の少女が砂をつかみ、濡れたパイの上に散らした。もうひとりの、膝に鉄製のギプスをはめた子が言った「私はココナッツがいい」

「いい考えだ」ジェイミーが言った「ココナッツもかけよう」

少女は両手で砂をすくい、パイの上にどっさりとふりかけた。

「おい、そろそろ時間だ」私は口を挟んだ。

ジェイミーが水道で手を洗っているあいだ、少女たちはしかめっ面で私を見ていた。二人は立ちあがり、ジェイミーの方へ駆け寄って、子猫のように体をなすりつけた。

「行かないで、ジェイミー。お願い」

またあとでいっしょに遊ぼうと、ジェイミーは少女たちに言った。

「約束！　約束だよ！」

「約束する」

ジェイミーは少女たちと手をつないだ。ギプスをはめた子の不規則な動きに合わせて、私たちはゆっくり歩いていった。人を心から信じたくなるような、思わず背すじを伸ばしたくなるような、そんな時間だった。視線の先で太陽がぎらつき、足もとのれんがは土ぼこりにまみれている。ベニヤ板の柵が運動場を外界から遮断しつつも、フリーウェイを走るトラックの騒音は容赦なくこの世界に押し入ってくる。私はジェイミーの横顔をうかがった。息子は瞳から暖かな光を発し、子供たちを見下ろしながら柔らかい微笑みを浮かべていた。少女たちはジェイミーの手を、人形でも抱きしめるみたいに胸に押しつけている。そんな二人を見つめるジェイミーの、喜びに満ちたその表情は、幼いころに仔犬やペットの兎に愛情を注いでいたときとまるで変わらなかった。

選抜徴兵局が事務所を置いているのは、ウィルシャーを折れてバーリントン大通りを進んだ先にある、真新しい高層ビルのなかだった。召集の時間よりだいぶ早くに、私たちは駐車場に入り、空きスペースにポルシェを停めた。エンジンを切ったあとも、私たちはしばらく座席から動かず、頭のなかを整理しようと努めていた。

「ちゃんと考えてきたのか？　面接でなにを話すか、もう決めたか？」

「考えるもなにも。向こうが訊いてきたことに答えるだけだよ」

私は状況を一考し、見込みのありそうな案を提示した「こういうのはどうだ？」私は言った
「俺は心臓発作に見舞われたばかりで、いまは自宅で療養中だ。だが、俺の看病は母親には荷が重く、誰かが俺の面倒を見なけりゃならない。いわば、不可抗力の事態だな」

「笑えない冗談だね」

「備えておくに越したことはない」

「なんのための召集なのか、まだわからないだろ。もしかしたら、調査票に記入しただけで帰れるかもしれないし」

「夢みたいことを言うな。お前は四十二日も大学をさぼった。向こうはそんなお前を呼びつけたんだぞ」

ジェイミーはドアを開けた。

「じきにわかるよ」

「待て」別の策が浮かんだので、私は息子を呼びとめた「デニーの医者はどうだ？」

「アバークロンビー？　あれは詐欺師だよ」

「詐欺師に決まってるだろうが！　この世に詐欺師がいなかったら、どうやって腎臓を悪く

したり高血圧になったりするんだ?」

ジェイミーは眉をゆがめて私を見た。

「俺はそんなことしないよ」車の外に出て、勢いよくドアを閉める。

「事実ならどうなんだ? 詐欺師の医者とは関係ない、うそ偽りのない事実だ」

「事実って、どんな?」

「俺の潰瘍《かいよう》だ。知ってのとおり、俺は十二指腸に潰瘍を患ってる。事あるごとに、体のなかで暴れだすんだ。いまだって、嫌な予感がしてしようがない。たぶん、俺が思うに……」

「もういいって」

ジェイミーが車から離れようとしたとき、青のサンダーバードがすさまじい勢いで、隣の空きスペースに突っこんできた。クラクションが鳴り響き、ブレーキが唸りをあげる。ジェイミーは間一髪で飛びのいて、私の車の方へ身を投げた。ジェイミーは怒りを込めて、サンダーバードの運転手をにらみつけた。

「ばかやろう!」ジェイミーは叫んだ「ふざけんな、ばかやろう!」

「申し訳ない」男は言った。悲劇を避けられたことに安堵し、座席にもたれかかってため息をつくと、一気に汗が噴きだしてきた顔から帽子をとった。

「気をつけろ、この間抜け!」私は叫んだ。

男は書類かばんを手にとって車から降りた。グレーのシルクのスーツが、劇場の幕のように波打っている。幅広い肩に尖ったあごの、大柄な男だった。どこぞの会社の副社長か、あるいは、中古車の悪徳セールスマンといったところだろう。

「ほんとうに、申し訳ない」男は言った。

氷のような四つの瞳に冷ややかに見つめられ、男は車と車のあいだの通路をそそくさと立ち去ろうとした。何歩か行ったところで男は立ちどまり、絹のスーツの肩ごしに私たちの方を振りかえり、またこっちに戻ってきた。

「ひょっとして、モリーゼさん？」男はポルシェの正面に立って言った。

「だったらなんだっていうんだよ？」腕組みをした格好で、ジェイミーが言った。

私たち二人に視線を行き来させながら、男はにっと笑った。

「お宅の倒錯したクソ犬は、ご健在かな？」

そう言われて、誰かわかった。サンタアナに烈風が吹きつけていたあの夜、スチューピドがビーチで交尾を試みた、弁護士のジョン・ゴールトだ。浜辺に立っていたこいつの姿が、頭のなかによみがえった。締まりのないバミューダショーツとハワイ風のプリントシャツ、突き出た腹、毛深くて丸太のように太い足、そして、私を怖じ気づかせた脅しの言葉。あの夜の記憶はいまだに、一部始終をジェイミーに見られていただけになおのこと、私の頭蓋《ずがい》のなかで炎症を起こしていた。いまこそ、借りを返す好機だった。同じ息子が今回も、かたわらに控えているのだから。

「これはこれは、ゴールトさん」私はジェイミーの方に顔を向けた。「ジェイミー、覚えてるか？　ビーチでスチュービドが飛びかかった男性だよ。こんなところで会うとはなあ」

「思い出した」ジェイミーが言った「おかしな水着のおっさんだ」

ゴールトはかすかな笑みを浮かべた。

「最近は、誰もあの獣《けだもの》に犯されていませんか？」

「ええ、最近はね」私は言った「でも、あいつはきっとあなたを恋しがってますよ、ゴールトさん。あなたと過ごした時間が忘れられないようなんです」

ゴールトの微笑みは堅固な鉄のごとくに硬直していた。青い瞳に激しい怒りをたたえつつ、胸ポケットからハンカチを取りだして、下あごから垂れる汗をぬぐっている。ゴールトは几帳面にハンカチをたたんでポケットに戻した。やつの怒りが熱風のように押し寄せてくる。私は座席に腰かけたまま体をねじり、車の床に置いてあった五番アイアンを握りしめた。そこで繰り広げられているのは、ゴールト対モリーゼ親子の、眼差しによる対決だった。不意に、ゴールトは体の向きを変え、駐車場を早足で歩いていった。シルクのスーツの上で、太陽がちらちらと瞬《またた》いている。

「やるじゃん」ジェイミーが言った「あいつ、にらまれてびびってたよ」

「お前だって、なかなかの迫力だったぞ」

「感じの悪いやつだよね」

「あんなのは、ただのごろつきだ」私は言った「尻尾を巻いて逃げたおかげで、あいつは命拾いしたな。もし手を出してたら、こいつで脳天を叩き割ってやってたところだ」私はそう言って、握りしめていた五番アイアンを持ちあげてみせた。

私たちは駐車場を横切って、ビルの入口へ向かった。入口の隣にカフェがあり、ゴールトがカウンター席に坐っていた。新聞を読みながら、コーヒーカップを口に運んでいる。私たちはビルの案内板を確認し、エレベーターで四階に上がった。

選抜徴兵局に足を踏み入れたとき、私は一瞬、ドストエフスキーの小説に迷いこんだのかと錯覚した。官僚主義とお役所仕事の冷淡さが骨を刺し、国家機構が一息に私たちを呑みこもうとする。白い壁の大きな部屋に、まだ新しいプラスターのにおいが漂い、蛍光灯が過剰なほどの光を放っていた。大方が長髪の、おおよそ十人の若者たちが、仕切り壁の小さな窓の前に立って事務員と話している。ぶしつけな光が顔の造作を浮き彫りにし、あごのにきびやら無精ひげやらを際立たせていた。

その光景を見てジェイミーは大きく目を見開き、深く息を吸いこんだ。ほかの面々と同様に、なんの特性もない若者のひとりとして、ジェイミーはある窓口の方へ歩いていって列に並んだ。私は壁際に移動し、一列に並べられたプラスチック製の椅子に腰かけた。何人か煙草を吸っている若者がいたので、私はパイプに葉を詰めて火をつけた。仕切り壁の窓の向こうでは、タイピストの一団が派手な音を立ててタイプライターを打ち鳴らしていた。それはまるで、機械同士が激しい口論を戦わせているようでもあった。

廊下へ続くドアが開き、グレーのシルクがぱっと光った。ジョン・ゴールトだ。書類かばんをぶらぶら揺らして、仕切り壁の扉へ歩いていく。ジェイミーと私は同時に、ジョン・ゴールトの姿に気づいた。不意にパイプの火が消えた。ドアを開ける前にゴールトが立ちどまり、部屋のなかを見まわしたとき、私は首筋の血管がふくれあがるのを感じた。光を放つ青い瞳が、スナイパーのごとくに私たちを撃ち抜いた。それから、ゴールトはドアを開けて中へ入った。ジェイミーは振り返って私を見た。汗ばんだ手のひらを握ったり開いたりしている。ジェイミーは前に並んでいる若者にささやきかけ、ゴールトの方をあごで示した。当人は仕切り壁の窓の向こうで、その先の事務室へ入っていくところだった。ジェイミーが列を離れ、私に近づいてきた。顔色が悪かったが、口もとには皮肉な笑みを浮かべている。悪趣味ないたずらに引っかかったときのような顔だった。

「なんであいつがここにいるか、わかる？」

「やめろ」私は言った「聞きたくない」

「ここの局長らしいよ」

ジェイミーが列に戻るあいだ、私は頭のなかを駆けまわる考えをどうにか抑えつけようとした。けれどそれは、野生の馬のように荒れ狂い、こちらの制止をものともしなかった。

三人減って、あと一人。

21

その後、すくなくとも面と向かっては、ジェイミーがゴールトに会うことはなかった。一般市民として過ごす日々が、もうわずかしか残されていないと悟るにつれ、冬の北極のごとく寒々とした悲運がジェイミーの頭上に垂れこめてきた。私には、息子が良い兵隊になるとわかっていた。あれだけの自尊心があって、できの悪い兵隊になるはずがない。けれど、軍隊生活への不安からジェイミーはふさぎこみ、修道僧のように物静かになってしまった。

危機に臨んで、ジェイミーは私と同じ行動に出た。この父にして、この子あり。自分の父親が死んだとき、私は犬のミンゴといっしょに眠った。母親が死んだときは、たくさんの悲しい夜をわが親愛なるロッコと過ごし、悲嘆と苦悩を和らげてもらった。ジェイミーはスチューピドをベッドに招き入れた。あの犬はばかではなかった。青年の悲しみを感じとったスチューピドは、そばにいてともに過ごすという、自分が知っている唯一の方法で、青年に残された最後の二か月間に慰めをもたらそうとした。

すると、スチューピドに変化が生じた。ついにあいつは、目的もなく家をうろつく気まぐれな犬ではなく、それ以上の何者かになった。いま、あいつは必要とされ、あいつを愛する誰かのために、為すべき仕事を抱えていた。悲しげな瞳を感謝の念でいっぱいにして、廊下でもどこでも、ジェイミーのあとをついて歩いた。朝食のときはテーブルの下にもぐりこみ、ジェイミーのつま先に頭を乗せていた。ジェイミーが車で診療所へ出かける前には、ガレージまでついていって、最後に頭を撫でてもらうために車のドアの横に立った。車が行ってしまうと、そのばかでかい図体をガレージの床に広げ、ジェイミーの帰りを待っていた。スチューピドはジェイミーを心配していた。手つかずの餌や、デニーとハリエットと私にたいする関心の欠如からも、スチューピドの心労は見てとれた。

独立記念日の七月四日、私はジェイミーを車に乗せて、ロサンゼルスの中心街にある軍の徴兵検査場まで送っていった。スチューピドもいっしょに乗れるように、この日はステーションワゴンを使った。道すがら、スチューピドはジェイミーの膝に頭を乗せて、ずっと眠っていた。駐車場では二台のバスが、新規の徴収兵がやってくるのを待っていた。ジェイミーは私と握手し、母親の頬に軽くキスしてから、両腕でスチューピドをぐっと抱きしめ、三回だか四回だかキスをした。

「俺の犬のこと、しっかり面倒見てよ」

私はうなずいた。

「約束できる?」

「ああ、約束だ」

ジェイミーは早足で、バスに乗りこむ小汚い若者たちの列に合流した。その集団は、ナチの手でブーヘンヴァルト送りにされる捕囚たちのようでもあった。ジェイミーは車内に乗りこみ、それからまもなく、後ろの窓越しに手を振った。ハリエットは泣きながら、涙に濡れたハンカチを振っていた。バスはドラゴンの息のような音を立て、フォートオードを目指して出発した。

ハリエットは二日間泣きどおしだったが、私の感傷は十二分しか続かなかった。そのあいだに、サンタモニカ・フリーウェイを走るステーションワゴンは、車の奔流に巻きこまれ海岸線の方へ押し流されていった。私は三車線目にようやっとスペースを見つけ、休日をビーチで過ごそうと急《せ》きたつ連中の足を引っ張ることもなく、時速七〇マイルで快調に飛ばしていった。

ジェイミーにかんしては、もうなんの不安もなかった。私が兵隊にとられたとき、父がなぜあれほど満足げだったのか、いまの私ならよくわかる。自分以外の誰かが、責任を負ってくれるからだ。かつてのドミニクやデニーのような、大都会という荒野へ姿をくらました家出少年とは違う。不在の息子を案ずるあまり、一晩中寝ずに過ごしたり、いらいらして爪を噛んだり、電話が鳴るたびに心臓が止まるような思いをしたりする必要はないのだ。ジェイミーは、信頼できる人びとに庇護されている。これからあいつは、食事とベッドを与えられ、規律を叩きこまれるだろう。体重を増やし、自立心を養うだろう。家と母親を恋しがり、寝る前に少しだけ泣くだろう。なにより悪いのは退屈することだが、軍隊で退屈しない男などいるだろうか？

家についても、スチューピドは前脚に頭を乗せて、車の座席に横たわったままだった。犬は車から降りることを拒絶した。私はさとすように、なだめるように話しかけたが、やつは梃子《てこ》でも動こうとしなかった。私が手を伸ばし首輪を強く引くと、犬は陰気な目を片方だけ開け、怒りをこめて唸りをあげた。

「くたばれ、この恩知らずめ」

「ジェイミーが恋しいのよ」ハリエットが言った。

「みんなジェイミーが恋しいさ。それでも僕らは車から降りたんだ。こいつだけ降りられない道理はない」

「きっと気分が晴れないのね。ドアを開けておいてあげましょう」

私はこの犬に苛立ちを覚えはじめた。この家に来てからの数ヶ月、ずっと私が餌をやり、風呂に入れ、ノミ予防のスプレーをかけ、大きく膨らんだマダニを毛の根元から取り除き、寝床を洗い、美しい光沢が出るまで毛皮をブラッシングし、体を温め、親愛の情を示してきたにもかかわらず、いまやこいつはジェイミーのことしか頭になかった。あの息子は、こいつの椀に水を入れてやったことさえないというのに。私はなにも、特段の好意を要求したり、全面的な献身を期待したりするつもりはなかった。けれど、飼い主の言葉に従い、一抹の敬意を示すことは、これまで世話になった相手にたいするせめてもの務めではないか。私はこいつに居心地の良い棲み処を与え、いつもなにくれとなく世話を焼き、自らの血と肉をわけた子供たちよりも丁重に扱ってきた。そんな私がいなかったら、こいつはいまごろどこをさまよっていたことだろう。私はまさしく、この犬の養育者にほかならなかった。だらしなく無気力な最低最悪のクソ犬であるこいつは、好意と愛情に応えるだけの知性さえ持たないのだ。わが親愛なるロッコに、スチューピドへの気配りの半分でも振り分けてやったなら、ロッコは小躍りして喜ぶに違いなかった。

二、三時間後、テレビでドジャースの試合中継を見ていたとき、スチューピドが裏口の扉を引っかく音が聞こえてきた。私は立ちあがり、犬をなかに入れてやった。あいつは私の顔を見ようともせずに、尻尾をだらんとたらしたまま、ジェイミーの部屋へ続く廊下を意気消沈した様子で歩いていった。くんくんと鳴きながら、からっぽのベッドのにおいを嗅ぎ、その上によじ登る。ひとつため息をついてから、力を抜いて瞳を閉ざした。私は犬を部屋に残して、テレビを見に戻った。夕食のあと、私はスチューピドの椀に馬肉とドッグフードを盛りつけてポーチに置き、あいつをなだめすかしてベッドから出そうとした。私に首輪をつかまれたとき、スチューピドは敵意を込めて喉を鳴らした。

「そっとしておいてあげましょうよ」ハリエットが言った「お腹が空けば勝手に食べるわ」

見込みは外れた。スチューピドはなにも食べず、飲まず、ジェイミーの部屋から出ようともしなかった。その晩から翌日の午後まで、あいつはずっとそこにいた。そして私は、犬が部屋の敷物に小便をしたことに気づいた。そろそろ、実力行使に出るときだった。

ハリエットが床を拭くためのぼろ切れと洗剤を持ってきた。私は車のもとへ赴き、ゴルフバッグからサンドウェッジを引っぱり出した。私がジェイミーの部屋に戻ったとき、犬はベッドの上でお坐りをしていた。私はクラブヘッドをスチューピドに突きつけた。

「出てけ」

悲嘆にやつれ、毛皮からは艶が消え、瞳を物憂げに潤ませたスチューピドは、腹ばいにベッドから滑り落ち、どしんと音を立てて床にぶつかってから、裏口のドアを通って外へ出た。いつの間にか、あの雨の晩にはじめて出会ったときのような、うらぶれた犬に戻っていた。無慈悲な、われながら当惑するような考えが頭をもたげ、私の脳は赤面した。もう、厄介払いしてもいいんじゃないか。ジェイミーとの約束があるにもかかわらず、私はこの犬がいなくなるべきだと感じていた。あのとき確かに、スチューピドは私の心の震えを感じとっていた。なぜって、まるで私の胸にきざした思いに落胆したかのように、悲しそうな目でじっとこちらを見つめてきたから。罪を犯したような気がしてずっと身震いし、私はスチューピドから目をそらした。

22

翌日の昼、スチューピドがいなくなっていることにハリエットが気づいた。私たちは庭に出て、あいつが気に入っていた厚みのある木蔦《きづた》の寝床や、松の木陰に守られた安息所や、家畜用の柵囲いや、打ち捨てられたトレーラーを見てまわった。犬はどこにもいなかった。二つの門は、どちらもちゃんと閉まっていた。

「柵を乗りこえて出ていったんだな」

「ビーチを探しましょう」ハリエットが言った。

「じきに戻るさ。門を開けたままにしておこう」

「探さなきゃだめよ」

くるぶしまでの浅い靴を履いて、ハリエットが外に出る準備をしている。

「俺は書きものをしてるところなんだよ」

「いっしょに来て」

私たちは浮かない足どりでビーチへ出た。ハリエットは南に行き、私は北へとぼとぼと歩いていった。一マイルの四分の一程度を行ったところで、断崖に腰かけてパイプに火をつけた。

それから二時間、カモメを眺めたり、さざ波を見つめたりしていた。けっきょくのところ、たいした犬ではなかったのだ。どこからどう見たって、精神を病んでいたではないか。リック・コルプを怯えさせ、デニーに噛みつき、ジョン・ゴールトに飛びかかり、おそらくはそのせいでジェイミーは徴兵された。私にたいしては冷淡で、無関心を決めこんでいる。不意に、素晴らしい考えが私の全身を濡らし、甘美な旋律が脊柱《せきちゅう》を駆けおりていった。ブルテリアの仔犬を飼おう。ロッコのように白くて、下腹部はピンクで、尻尾は鼠のように長く、柔らかな茶色の瞳をしたやつだ。けれどまずは、スチューピドがほんとうにいなくなったことを確かめておく必要があった。

家に帰ると、ハリエットがシャワーで濡れた髪を拭いているところだった。

「どうだった?」妻が尋ねた。

「影も形もないな」

「のんびりした犬だから、そんなに遠くへは行っていないはずよ。車で近くを探してみましょう」

「俺は書きものをしてるんだよ」

「仕事は待ってくれるわ。車二台で行くわよ」

ハリエットはズマ・ビーチへ向かい、私はコースト・ハイウェイを走っていった。トパンガ・キャニオンまで来たところで、私は北に進路を変え、山々の間を縫って渓谷を抜け、ヴェントゥーラにあるオープンしたばかりのゴルフ練習場で車を停めた。客は少なく、芝は美しい輝きを放ち、ボールには染みひとつない、じつに快適な練習場だった。私はバケツ三杯分のボールを打ち、二年にわたり私の頭を悩ませてきたスライスの軌道を修正した。振り返って言うならば、たいへん実りある一日だった。

私が家に戻ったのは、金色《こんじき》の太陽がピンクの海にいまにも飲みこまれそうになるころだった。ハリエットはレンジで夕食の準備をしつつ、近所の知り合いに電話をかけ、尻尾がふさふさの茶と黒の大型犬を見かけなかったかと尋ねていた。ハリエットは休みなくダイヤルをまわし、電話口の相手に話しかけ、そのかたわらで私に夕食の皿を出してくれた。疲れ果てているようだった。動物保護施設、警察、動物虐待防止協会、ライフガードの事務局、地元の私設警察にまで電話していた。さらに、「タイム」やロサンゼルスの西部地区で刊行されている地元紙に、迷い犬の広告も出していた。

ハイボールをかき混ぜながら、ハリエットが言った「進展は？」

「なにもないよ。山奥のど田舎も探すつもりで、ラティゴからコラル・キャニオンまで、マルホランドの隅々に行ってみたんだけどな。デッカーキャニオンにも寄ってきた。ここからカマリロにいたるまでの、あらゆる道を当たってみたんだ」

「なんとかして見つけないと。ジェイミーと約束したんだから」

「それで、もし見つからなかったら？」

「そんなこと考えないで、とにかく探すのよ」

「あくまで仮定の話さ」

「ジェイミーが新兵の訓練所から戻ってくるまで、あと十週あるわ。それまでにかならず見つけましょう」

「現実的になろう。犬は消えた。いっときここに留まって、まだどこかへ行ってしまった。それがあの犬の習性なんだよ」

「どうかしら。ひょっとしたら、ジェイミーを追いかけてフォートオードに行ったんじゃない？」

「そんなばかな。ラッシーじゃあるまいし」

「有りえる話よ」

「映画のなかではな。ポイント・ドゥームじゃ考えられない。でも、映画には出てこないような解決策がひとつあるぞ」

「どんな？」

「別の犬を飼うんだ」

ハリエットの顔色がさっと変わり、警戒するようにこちらを見てきたので、私は深入りしないことに決めた。「コッカー・スパニエルなんて、小さくてかわいいからいいんじゃないかと思ったんだ。あるいはスコッチテリアとかね」

ハリエットの瞳がどす黒い憎しみに覆われ、呼吸が荒くなっていく。

「魂胆が読めたわよ」

「魂胆？　事実を話してるだけじゃないか」

「無駄口を叩くつもりはないの。ひとことでも〈ブルテリア〉と口にしたら、私たちの結婚は解消されると思ってちょうだい。この話はこれで終わりよ」

ハリエットは私に背を向け、つかつかと部屋から出ていった。

こうしてふたたび、古くからの圧力が、私を型に押しつけてきた。私はペンと紙を手にとり、コンピューターの画面よろしく頭のなかに浮かびあがってくる数字を計算しはじめた。ポルシェが三〇〇〇（うち、金融会社の取り分が二二〇〇）、ゴルフクラブが一〇〇、トラクターが五〇〇、エンジン付きの芝刈り機が五〇、チェーンソーが一〇〇。これに、銃器一式の二〇〇を加えてもいいかもしれない。合計でだいたい一六〇〇。チケット代の五〇〇を引いたとしても、一一〇〇ドルを持ってローマに行ける。一考の価値はある計画だ。

電話が鳴り、私たちは別の部屋で受話器を取った。ドゥーム・ドライブ沿いに暮らす、ポラード夫人からだった。家の隣の駐車場を、毛むくじゃらの大型犬がうろついているのが、自宅の窓から見えるらしい。ハリエットは礼を言い、廊下を走ってこっちに来た。

「懐中電灯を持ってきて」妻は言った。

その数分後、ハリエットの運転するステーションワゴンが、ドゥームドライブからポラード邸に隣接する駐車場へ進入した。強烈なヘッドライトに照らされて、暗闇から巨大な犬の姿が浮かびあがった。雑草が生い茂る塚の上で、ニューファンドランド犬が、驚きのあまり白目の部分を大きく広げていた。

ハリエットは気落ちすることなく言った「どうも怪しい感じがするわ。ちょっとこのあたりを探してみましょう」ハリエットはギアをバックに入れて、車を道路へ戻した。

その後の二時間、私たちは霊柩車を思わせる緩慢さでポイント・ドゥームを周回し、通り沿いに暮らすあらゆる犬たちの興奮を煽《あお》ってまわった。犬どもは猛《たけ》りたち、大挙して私たちの車についてきた。懐中電灯で照らしてやると、歯と歯茎がきらりと光った。犬、犬、犬。ポイント・ドゥームの選良たち、この世でいちばん良い餌を与えられ、いちばん良い寝床を与えられている、チワワからセントバーナードにいたるまでの高貴な犬たちが次々と姿を見せた。けれどスチュービドはいなかった。じきに懐中電灯の電池が切れ、私たちは家に帰った。

ガレージにはデニーのぽんこつが停まっていた。その隣に車を入れているとき、暖炉の煙突から煙が立ちのぼっているのが見えた。私は急いで車から降り、煙突の様子を見にいった。黒い煙がもつれあって、合成ゴムが燃える嫌な臭いを撒き散らしている。夜の暖かな空気のなかに、黒い天使が宙づりになっているような眺めだった。

暖炉の前では、デニーが足を組み、両手であごを支えながら、燃えさかる炎を見つめていた。デニーの松葉杖が燃えている。スポンジゴムの詰め物が、しゅうしゅうと音を立てて煙を吐きだしている。私は暖炉の前まで歩いていって炎を眺めた。私たちは二分間、ひとことも喋らなかった。

「ついにやったか」

デニーは微笑み、ポケットから封筒を引っぱりだした。陸軍省からの手紙だった。医学的事情による解任通知。慢性的腱鞘炎《けんしょうえん》。恒久的障害。私は用紙をハリエットに手渡した。

「恥知らず」文書に目を通しながら、ハリエットが言った。

「もう三年も奉仕したんだ」デニーが言った「じゅうぶんだと思わない？」

「六年間服役すると言ってただろうが」

「俺が兵隊に見える？　兵隊のように振る舞ったり、兵隊のように考えたりできると思う？　俺に軍隊は合ってない。最初から無理があったんだ。これでようやく、自分の人生を始められる」

「ニューヨークか？」

「明日には発つよ」

デニーは立ちあがり、その場でジグのステップを踏んでみせた。

「デニー！」ハリエットが息子をとがめた。

デニーはハリエットに飛びついてキスをした。

「俺は自由なんだ、母さん！　これがどういう意味かわかる？」

ハリエットに言えることは幾ばくもなかった。まさしく、身動きのとれない状況というやつだ。あれほど多くの課題を代筆し、あれほど多くの共謀に加担してきたハリエットが、いまさら不服を唱えるのもおかしな話だった。どのみち、母親の叱責など効果はない。デニーには病的なまでの執着があった。風にはためく旗、休みなく放浪を続ける若者、逃走を愛する青年こそ、デニーの生を導く指針だった。精子が卵管を登ってゆき、卵巣の岸辺に漂着して生を受けた瞬間から、すでにその性質は発現していた。

「四人減って、これで終わり、か」

満面の笑みをこちらに向けて、デニーは私の両肩に手を置いた。

「やったね、父さん。おめでとう」デニーはポケットに手を突っこみ、自分の車の鍵を取りだした。「ほら、お祝いだ。俺の車、使っていいから」

「そうか、恩に着るよ」

デニーは派手に手を叩いた。いつものペテン師が戻ってきた。

「さて、俺の大事な、愛しい母さん。荷造りを始めよう。俺が乗る飛行機は、朝七時に発つからね」

「スチューピドが見つからないの」ハリエットが言った「いなくなったのよ」

「すごい、いいことずくめじゃん」デニーは微笑み、ハリエットの体に腕を絡ませ、自分の部屋へ連れていった。

23

平和だ。

平和とはなんだ？

妻は家の西側で、私は北側で生活を送っている。ひとりあたま三つの寝室がある。草を刈る。新しい小説を書きはじめる。前と文体が変わっていた。私はそれが気に入らない。ハリエットは陶器を作っている。オカルトを研究している。私はゴルフをプレーする。こんな悪夢を見る。黒人たちが、ドミニクを鍋に入れて焼いている。ハリエットも悪夢を見る。ジェイミーが軍法会議にかけられ、目隠しされ、銃殺される。私は寝室を変える。ハリエットも寝室を変える。私たちはいっしょに寝る。ハリエットがいびきをかく。私がいびきをかいているとハリエットは主張する。私たちは寝室を取り替える。小説は行き詰まる。私は新しい作品を書きはじめる。私の文体になにが起きたのか？　ハリエットがタロット占いをしてくれる。不吉なカードが出る。妻は最後までカードを読めない。塔。吊るし人。死、災難、破滅を暗示する私のカード。

ジェイミーからは毎日手紙が届き、週末には電話がかかってくる。声に張りがなく、哀れを誘う。風邪が治らなくてさ。十八マイルの行軍をしてるんだ。俺の犬は元気？　元気だとも。

犬のことは心配するな。そっちの食事はどうだ？　ひどいね。しょっちゅう吐いてるよ。夜は暖かくしてるの？　いや。毛布がぜんぜん足りないから。野原で匍匐《ほふく》前進させられたり、頭のすぐ上を実弾が飛んでいったりする。なあ、ジェイミー、お前の隊の指揮官に手紙を書いてやろうか？　いいって。そんなことしてもらっても、いじめがひどくなるだけだし。熱があるんだ。お医者さまに診てもらいなさい。できないよ。欠勤の常習犯は、ぜんぶはじめからやりなおさなきゃいけないんだ。

　草を刈る。妻は花壇の草を抜く。私たちは不動産屋を呼ぶ。業者が案内板を立てる。怪しい連中が群れをなしてやってくる。私たちの家が踏み荒らされる。私たちの家は連中の憎しみを買う。旧式のキッチンですね。クローゼットが小さすぎます。天井にペンキを塗った方がいいでしょう。窓に網戸をつけないとまずいですよ。家を去るとき、やつらがせせら笑っているのが聞こえる。不動産業者もやつらと同意見だということがわかる。私たちはサインする。私たちはまた二人だけになる。夜になると、奇妙な足音が聞こえる。ベッドのすぐそばにピストルを置く。ハリエットにもピストルを渡す。ライフルの掃除をして油をさす。家は武装した要塞と化す。かつては、昼も夜もドアに鍵をかけずにいたころもあった。いまは違う。ドアも窓もちゃんと閉める。ハリエットはイースターエッグの絵付けをする。妻は卵に夢中になる。卵の内側に小さな動物を配置する。滝のそばの鹿や、茂みのなかの兎といった、かわいらしい風景が卵のなかに作りだされる。リビングは奇妙な卵でいっぱいになる。友人たちがハリエットを褒めそやす。妻はより大きな卵を構想する。私はゴルフをプレーする。私たちはどこかおかしく、ちぐはぐで、ほうけている。それを認めたところで、恥ずかしいとも思わない。

ニューヨークにいるデニーから手紙が届く。ウェイターをしたり、演劇の学校に通ったりしています。一〇〇ドル送ってください。ニューハンプシャーにいるティナが電話してくる。妊娠したの。リックは大工の仕事をしてるわ。近いうちに家を買うつもり。一〇〇ドル送って。ジェイミーが電話してくる。クッキーを送ってよ。まだ熱が下がらないんだ。今日は二〇マイルも歩かされた。軍曹は、俺に音を上げさせようと躍起になってる。毎朝四時に起きて、訓練所の便器をすべて掃除しなけりゃならない。私はジェイミーに言う。俺がなんとかしてやる。タニーに、クランストンに、レーガンに手紙を書いてやる。やめてよ。もっとひどい目に遭うだけだから。ところで、俺の犬は元気？

パーティーを開こう。昔の友だちとか、たくさんの客を呼んで、いまをもっと楽しもう。私たちはパーティーを開き、客人がやってくる。作家たち、その妻たち。ナイフは投げられた。さあ、宴《うたげ》だ。映画脚本家 vs テレビ脚本家。緊迫の場面。ある婦人が、私をファシストの豚と呼ぶ。私は彼女をぶつ。その夫が私をぶん殴る。テラスで繰り広げられる大喧嘩。近所の住人が保安官を呼ぶ。酔っぱらった女優が崖の端に立って、飛びこんでやると威嚇する。さっさと飛べ、この売女《ばいた》！　保安官代理が彼女の腕をつかむ。パーティーはめちゃくちゃだ。友情が壊れ、グラスが割れ、宴で血が流れ、芝はゲロまみれ。リビングにはどこぞの獣《けだもの》が壁に小便をした跡がある。もうパーティーなんてしないと私たちは誓う。

　ロッコが殺された日のことを思い返す。悲劇そのものと同じくらい、忘れがたい一日として記憶に刻まれている。あれは、鯨やイルカ、ヨットやモーターボートにぴったりの一日だった。きらめく青い空はミケランジェロの筆が描いたようで、ふわふわした雲のへりに、黄金のラッパを吹きならす智天使《ケルビム》の姿を探したくなるほどだった。素晴らしい夏が来ることを請け合うかのような七月のあの日、潮が引き切った岸の波は耳に心地よく、ほっそりとして日に焼けたビキニ姿の娘たちが浜辺を歩き、その尻は焼きたてのパンのようで、はるか頭上をカモメが飛び、イソシギが風を切り、サーファーが慎重にバランスを取り、白地に赤の縞模様のパラソルが並び、気性の荒い白のブルテリアがカモメのあとを追って跳ねまわりながら、嬉しそうにわんわんと吠えていた。

　私とロッコは崖の突端をまわり、岩山をひょこひょこと飛びうつって、リトル・ドゥームと呼ばれるビーチへやってきた。ソーサーの形をした小さな入り江は、たくさんの海水浴客でごった返していた。海岸のそばでは、なにか黒くて巨大な物体が人びとの注意を引きつけ、野次馬たちが半円形の垣根を作っていた。遠目には転覆した船のようにも見えたが、近づくにつれ、干潮《かんちょう》の海に浸かる大きなシロナガスクジラの輪郭が浮かびあがってきた。鯨は横倒しの状態で、腹は黄色く、途方もなく広い背中には深い黒と青が混在していた。あとになって新聞が伝えたところによると、体長は九〇フィート、体重は一〇〇トンもあったとのことだった。鯨がどうしてあんな場所に行き着いたのかは、神のみぞ知ることだった。深さ二フィートの浅瀬に打ちあげられ、耳を刺すような痛々しい音を背中の噴気孔から響かせ、力なく尾を振りおろし、脂ぎった涙を目に滲《にじ》ませ、がらんどうの口を半開きにして、すこしずつ満ちてくる潮の波を飲みこんでいた。

あたりは厳粛な静けさに包まれ、群衆は哀れみのこもった視線で、浜辺に横たわる巨大生物を見つめていた。鯨は苦しそうに呼吸を荒らげ、どっしりとした尻尾で海面を叩いている。厚かましいカモメたちが鯨の黒い背中にとまった。海藻やごみ屑が、開かれたままの口を出たり入ったりしている。

私はロッコの首輪をつかみ、見物人たちに合流した。上下に揺れている尾を目にしたとき、ロッコは唸りをあげた。首輪をつかむ私の手を強く引き、脚で砂を蹴立てている。鯨と戦うつもりなのだ。恐れを知らないその闘志が、私には微笑ましかった。たかが六〇ポンドの犬が、一〇〇トンの鯨をどうやって傷つけようというのか。私はじつに愉快だった。首輪を放し、ロッコを自由にしてやった。

波が引いたときに、ロッコは攻撃を仕掛けた。勢いよく地面を蹴り、牙を剥き出しにして、鯨の腹に飛びかかる。犬は鯨にしがみつき、その腹に牙をうずめた。戦いに夢中になるロッコの唸りがこちらまで聞こえてきた。野次馬たちのあいだから、痛ましげな囁き声が漏れる。大きな波が岸に押し寄せ、鯨の体がごろりと転がる。ロッコはしがみついていられなくなり水に落ちた。

誰かが怒りをこめて言った「あれは誰の犬だ？」

波が引くあいだ、ロッコは足をもつれさせもがいていた。鯨の巨大な尾が海面を打つ。ロッコは尾を目指して駆けてゆき、尾に飛びつき、自分の二十倍はあろうかという物体にがっちりとしがみついた。野次馬が不平をつぶやく。このくそいまいましい状況すべてを、あの犬は虚《こ》仮《け》にしていた。

女が言った「鯨が殺されるわ！」

鯨は息を吸おうとして口を広げた。青みがかった口に海藻を絡ませている姿は、ひどく苦しそうに見えた。犬にたいする野次馬たちの敵意がふくらんでいく。方々から、こんな叫びが聞こえてくる「あの犬をつかまえろ！　殺しちまえ！」ふたたび尾が振りおろされて、犬は岸に投げ出された。ロッコは二回転してから立ちあがった。その小さな瞳からは、戦いに臨む喜びがほとばしり出ていた。鯨に向かって全速力で突進し、開かれた口に襲いかかるものの、波に洗われ岸へ運ばれてしまう。子供が流木をロッコに投げつけた。男が走ってきてロッコに蹴りを入れた。けれど、ブルテリアにとって鯨とは、自分より大きな犬でしかないのだ。ロッコはまたも攻撃を仕掛けたが、海藻に絡めとられて鯨の口の下に転げ落ち、ごぼごぼと流れる水やごみ屑のなかに倒れこんだ。

すると、バンッ！　私は視線を上げ、モーターボートの船尾に立つ漁師を見た。漁師の構えるライフルから、煙が立ちのぼっている。海のなかに、私の犬の赤い血が浮かんでいる。私は駆け出し、波をかぶり横たわっているロッコのもとへ急いだ。頭の半分が吹っ飛んでいた。腕に抱えて運んでいくあいだ、あいつの体はまだ暖かかった。野次馬たちは私のために道を空けた。十五かそこらの娘が鼻に皺を寄せて、美しい、いまは亡き私のロッコを見て、こう言った

「やったあ！」

死んだ鯨は高潮が沖合へ運んでいった。私は歩いて犬を家まで運び、家畜用の柵囲いのそばに埋めた。

九月のある朝、窓に襲いかかる日の光にさらされて私は目を覚ました。窓ガラスを割ろうとでもするかのような陽射しを顔と目に浴び、私はほうほうのていでベッドから脱出した。「くそっ、お前はなにがしたいんだ？」私は太陽に文句を言った。立ちあがり、カーテンを閉め、薄暗がりのなかふたたびベッドに横になる。ほんとうのところを言えば、これから始まる一日と向き合う気が起きなかったのだ。この大きな屋敷に、私はうんざりしていた。主《あるじ》を失ったからっぽの部屋や、公園のように広いくせに誰ひとり歩いていない庭に、いったいなんの価値があるのか。小便を引っかける犬もいないのに、どうして庭に木が生えているのか。この家ではもう、一行たりとも書けそうにない。この家のもうひとりの住人、屋敷の反対側に居住してい

るあの女にも、私はうんざりしていた。いったいなんの権利があって、あいつは私にブルテリアを飼うなと言うのか。

決着をつけてやる。私は下着もつけずに、挑みかかるような足どりでキッチンに踏み入った。そこでは妻が、読書鏡をかけて新聞に目を通していた。

「ブルテリアのなにが気に入らないんだ?」

あまりの唐突さにハリエットはぎょっとし、いらだたしげに煙草に火をつけた。「本気で言ってる? ミンゴとロッコで懲りたんじゃなかったの? 近所のみんなから白い目で見られるわよ」

「連中は犬を飼ってる。なのに、どうして僕はいけないんだ?」

「ブルテリアは犬じゃない。理性を持たない獣《けだもの》よ。それに、スチューピドと喧嘩だってするだろうし」

「スチューピドは五週間前にいなくなった」

「諦めてはだめよ、ジェイミーのためなんだから」

私はひげを剃り、歯を磨き、髪を梳《と》かし、しばらく考えにふけってから、あらためてキッチンへ向かった。

「決めたよ」

ハリエットは読書鏡を下げた。「あら、そう」

「ブルテリアを飼うか、この国を離れるか、だ」

妻は感じの悪い笑みを浮かべた。「ローマ?」

「永遠の都さ」耳を震わす、すばらしい響きだった。

「それなら、チケットを二枚買った方がいいでしょうね。一枚は自分の分で、もう一枚は犬の分」

「きみは死ぬまで後悔するぞ」

「どうぞお好きに」

銃器、チェーンソー、ゴルフクラブで、少なくとも四〇〇ドルにはなるだろうと見積もっていた。ところが、いくら値を吊りあげようとしても、実際には二二五ドルにしかならなかった。トラクターは三〇〇ドルでごみ収集人の手に渡った。私は五〇〇ドルより負けるつもりはなかったが、相手を納得させることはできなかった。収集人は道具小屋にあるモーター付きの芝刈り機に目を留め、物欲しそうに眺めていた。私は庭で試運転させてやった。

「いくらで譲ってもらえますか?」

「五〇」私は言った。

「二五」

「四五」

「三〇」

私たちの頭上の窓から、ハリエットが顔を出した。「その芝刈り機は私も使うのよ」妻が言った「お願いだから売らないで」

「こいつが必要なら、代金を払ってくれ」

「いくら？」

「六〇だ」私は言った。

「あとで払うわ」

ハリエットはブラインドをおろした。妻は私の計画に、なんの不安も関心も抱いていなかった。どうして不安になる必要がある？　妻には相続した不動産からの収入があり、私が出ていったところですこしも暮らし向きは変わらないのだ、ああ、くそ、まったく。

六〇〇ドルをポケットに突っこみ、私はウェストウッドまでポルシェを売りに行った。ワックスをかけ、車体を磨き、革磨き用の石鹸で赤いレザーシートを洗って陶器のような輝きをまとわせた。負債額を引いた正味の取り分が八〇〇ドルなら、旅行の資金は一五〇〇ドル近くになる。ここから航空券の代金を差し引いても、おおよそ九〇〇ドルを懐に残したままローマに降りたつことができる。それだけあれば三か月は暮らせるだろう。仕事が見つからなかったときは、ハリエットに手紙を書いて、また潰瘍《かいよう》から血が出たと伝えればいい。妻はきっと、家に帰るための飛行機を手配してくれるはずだ。

外車に囲まれたオフィスで金髪の男が手早く計算を行い、私の取り分として七〇〇ドルを提示してきた。けれど私は、もう一〇〇ドル上乗せするように言って譲らず、最後には向こうも承諾した。売却交渉、権利証書の取り消し、契約書へのサインなどに一時間を費やした。すべてのサインが済んだあと、会計係がオフィスにやってきて、私に五〇〇ドルの小切手を手渡した。

「計算が違いますよ」私は言った「八〇〇ドルで同意したはずです」

「二回分の未払い金があったんです。その支払期限が今日ですから」

「ひどい遣り口だ」

小切手が私の手をすり抜けて机に落ちた。

「すみませんね」男はそう言って、そそくさと書類をかき集めた。

私のポケットには一一〇〇ドルしかなく、ローマへの旅は煙となって立ち消えた。私はオフィスとして使われているトレーラーの外に出て、わが美しきポルシェの横にたたずんだ。金髪の男がドアから出てきて、大声で言った「おい、ジェスロ！」

油まみれのつなぎを着た黒人の整備士が、フェンスの背後から姿を現わした。

「この別嬪《べっぴん》さんをとっちめて、アソコをがばがばにしてやれ」金髪の男が言った。

整備士はポルシェを運転してどこかへ消えた。私は吐き気を覚えた。イスカリオテのユダになった気分だった。あのいまいましいポルシェを、私はどうしようもなく愛していた。あれは車輪のついたブルテリアだった。あらゆる挑戦を受けて立ち、相手がコルベットやジャガーだろうと、泥水のなかに置き去りにするようにして勝利してきた。いまや、それはほかの誰かのものとなり、私は自分の足で進まざるをえなくなった。私は銃を失った。ゴルフクラブを失った。チェーンソーを失った。トラクターを失った。役立たずのドルが少しと、ガレージに置き去りにされたデニーのぽんこつを除けば、もう私にはなにひとつ残されていなかった。

私はバスに乗って家に戻った。ひどく疲れる行程だったが、ハリエットにどう説明すべきかを、バスのなかでゆっくり考えることができた。単純な真実が、たいへん有用なときもある。曇りない事実を堂々と、まっすぐに表明すれば、男は面目を失うことを免《まぬか》れる。ハリエットは根に持つタイプではない。妻はきっとわかってくれる。

ポイント・ドゥームのバス停に降りたったとき、あたりはすでに闇に包まれていた。疲労のあまり、家までの残りの距離を歩く気力が湧かず、私は家に電話をかけて、迎えにきてほしいとハリエットに頼んだ。

「車はどうしたの?」ハリエットが訊いた。

「売ったよ」

「そんな、どうして?」

またこれだ。すべて忘れてしまうのだ。私は逆上した。

「ローマに行くためだよ、思い出したかい?　すぐ出発だ。この国ともお別れだ。僕の起源に戻るんだ、文明の揺籃の地に戻るんだ、意味の意味に、アルファにしてオメガに戻るんだ。

ポイント・ドゥームも子供も犬も、いままでもこれからもけっして僕を理解しないだろう妻も、みんなまとめてさよならだ」

ハリエットは電話を切った。私は歩いて帰った。

ハリエットは寝室に鍵をかけて閉じこもっていた。私の夕食、チキンのローストとポテトグラタンが、オーブンに入っていた。サラダはテーブルに置いてある。私はワインの栓を開け、鶏の腿肉をテーブルに運んだ。ハリエットの味がした。私は肉にかぶりつき、ワインで胃のなかに流しこんだ。

なんとも滑稽な状況だった。自分が口にしたくだらない脅しのせいで、私はコーナーに追いつめられていた。私の名誉を救うためには、この脅しを実行に移さなければならない。金もないのにローマに行くのはごめんだった。寒々としたホテルの大理石の床を歩いていると、冷気が足をつたってまとわりついてくる。ローマ人が淹《い》れるアメリカンは飲めたものじゃない。通りには古くさいゴルゴンゾーラの臭いが漂っているし、だらしなく薄汚い娼婦たちを見ていると気がふさぐ。それに、ローマにいたらワールドシリーズを見逃してしまう。日曜の一大イベントといえば、教皇が顔を出す窓の下に立って手を振ること。この世でいちばんさもしい人生を送っているのが、ほかでもないイタリアの作家だ。売れない原稿を脇に抱えてあちこちを歩きまわり、擦り切れたズボンからは尻が丸見えになっている。こいつはイタリア系アメリカ人を憎んでいる。私のことを、国を挙げての美しき貧困から逃げだした臆病者呼ばわりし、たいする自分は、祖国にとどまり二度の大戦を生き抜いた真の愛国者なのだと熱弁する。もしも私が、生まれる国を選んだのは自分じゃないとでも反論したなら、よその土地により良い生を求めて旅立った、私の父や祖父のことを罵倒してくる。

私を救い、私を食い物にするであろう男の電話は、十時ごろにかかってきた。

「お宅、迷い犬の広告を出されました？」

「ええ、出しましたけど。どなたですか？」

「茶と黒のアキタ？」

「その犬です。それで、あなたは？」

「引き換えに、いくらいただけますかね？」

「二五」

男は笑った。「面白いことを仰る」

「あんたは誰なんだ？」

「三〇〇ドルいただきましょう」

「ばかげてる。あの犬に三〇〇ドルの価値はない」

「あれは純血種だ。値打ちのある犬ですよ」

「見解の相違だな」

「三〇〇いただきましょう」

もはや活路はここしかない。ハリエットは寝室で私たちの会話を聴いている。私の耳には、内線をつたって妻の息遣いが聞こえていた。

「いいだろう。それで決まりだ」

男の名前はグリズウォルドだった。デッカー・ロードの、海辺と山間《やまあい》の真ん中あたりに暮らしている。翌朝に行くと私は伝えた。

受話器を置くと、寝間着姿のハリエットが廊下をすっ飛んできた。

「いまのは強請《ゆすり》よ」妻は言った「払ってはだめ！」

私たちは見つめ合った。ひとまずローマのことは措いておこうと、ハリエットの瞳が言っている。突如として、私にとって好都合な風が吹きはじめた。

「ジェイミーはどうなるんだ？」私は言った。

「あの子になんの関係があるの？」

「僕はあいつと約束した」

「ジェイミーならわかってくれる」

「ならきみは、実の息子との約束を反故にしろっていうのか？」

「三〇〇ドルも払えないでしょ」

私は分厚くなった財布を引っぱりだし、テーブルの上に放った。「払えるとも」

「でも、ローマは！」

「実の息子を裏切るような男が、ローマに行ったたって仕方ないさ。パリだろうと、ニューヨークだろうと、世界のどこだろうと同じことだ。選択の余地はないよ。主《しゅ》は僕の罪をご存知だ。それでも僕は、子供への不実を非難されることだけは耐えられない」

ハリエットは感嘆の念を隠しきれずにいた。湧きあがる感情に顔を熱く照り輝かせ、これまでついぞ知らなかった凛《りん》とした勇気を夫のうちに認めたかのごとくに、じっとこちらを見つめていた。困惑し、物思いにふけりながら、妻はテーブルの傍らに腰を下ろしため息をついた。

「こんなのって、公正じゃないわ。私はあなたが行ってしまえばいいと思ってた。これを機会に、ローマの夢を片づけてくれたらいいと思ってたのよ」

私はハリエットのグラスにワインを注いだ。

「正直に言うと、ローマの件は考えなおしていたんだ。僕の態度は利己的で筋違いだった。きみをここにひとりで残して、地球の反対側に行くことなんてできないよ。旅が必要なのはきみの方だ。なにしろ恐ろしい一年だったからね。子供はみんないなくなり、きみの務めは完了した。でも、それできみはなにを得ただろう？　僕ではなくきみこそが、休暇を楽しむべきなんだよ」

「ロンドンなら……」グラスをじっと見つめながら、ハリエットがぽつりと言った。

「どこだっていいさ。でも、行くなら二人いっしょに行こう。僕たちは夫婦なんだから。金が工面でき次第、すぐ出発だ」

妻が柔らかな笑みを浮かべ、ワインをぐっと口に含んだとき、グラスの向こうにある二つの青いプールのなかで、私は瞳に抱擁された。

24

デッカー・ロードは山間《やまあい》から海へ向かって、蛇のようにうねくりながら続いていた。ひとけのない道を太陽が明るく照らしている。マルホランド・ドライブのてっぺんにいたる五〇マイルを走るあいだ、前にも後ろにもほかの車を見かけることはなかった。

やがて看板が目に入った。「グリズウォルド自動車整備工場」私はステーションワゴンの速度を緩めて脇道に入り、本道から一〇〇ヤードほど離れた窪地に下りていった。混沌としか呼びようのない場所だった。打ち捨てられた車や冷蔵庫、さびついたトラクター、角材やらタイヤやら石油ドラム缶やら自動車のシートやらが積み重なってできた山。数匹の鶏からなる集団が敷地のあちこちに散らばって、赤みがかった地面を思い思いに引っかいている。二匹のロバが、丘の斜面で草を食《は》んでいる。

私は車を、ブロックの上に据えつけられたトレーラーの前に寄せた。トレーラーの前面は貝殻やら、ナンバープレートやら、漁の網やら、瓢簞《ひょうたん》やらヒトデやらで賑やかに飾られていた。ドアの上では、戦争にたいするグリズウォルドの信条がひとことで表明されていた。「平和!」

私が車から降りると、トレーラーから男が出てきた。四十がらみで、背は低く、牛のようにがっしりとしていて、ひげは赤く、ジーパンにTシャツという出で立ちだった。男は噛み煙草を噛んでいた。

「どうも」

「犬を見にきましたよ」

「脚本家さん?」

「そう」

「どうぞこちらへ」

二〇フィートほど先にある、缶や角材の切れ端や破片で作った、高さ三フィートの真四角の囲いまで歩いていった。グリズウォルドは柵が低くなったところから囲いの内側へ、煙草で茶色くなった唾液をぺっと飛ばした。

「そら、あれです」

私はグリズウォルドの隣に立って、柵の内側を覗いた。地面は赤土がむき出しになっていて、草一本生えていない。隅の方で、藁《わら》の寝床に横になっている犬がいる。スチューピドだ。背の低い張り出し屋根が、犬を陽射しから守っている。眠たそうで、私が名前を呼ぶとわずかに頭をもたげ、私を見分けたしるしに尻尾を振った。そうしてまた、犬は藁の上で目をつぶった。

「この犬です」私は言った。

不意に、藁の底の方が動きはじめた。スチューピドが立ちあがり、徐々に、ゆっくりと、別の生き物の姿が露わになった。豚だった。赤い斑点のある白い豚が、スチューピドを脇に押しのけて立ちあがった。豚はグリズウォルドと私を眺め、会えたことを喜ぶように鼻を鳴らし、背中についていた藁をはらはらと散らしながら私たちの方へ駆けてきた。

「こいつはエンマです」グリズウォルドが言った。

エンマは若く、雪玉のようにころころとして、張りのある白い乳房を垂らし、晴れやかな顔に永久《とこしえ》の笑みを浮かべていた。私のそばまでやってきて、きらめく青い瞳でこちらを見つめ、喜びに鼻を震わせる。グリズウォルドが手を下ろし、エンマがそこに鼻をこすりつける。私が腕を伸ばして、その暖かな鼻に手のひらで触れると、豚は嬉しそうによだれを垂らした。スチューピドはすぐにエンマの隣へやってきて、唇や瞳をべろべろと舐めまわした。犬は豚に首ったけだった。

「何歳ですか?」

「二歳です。この近くの住人が、ブレーキライニングと交換に譲ってくれました」

「どうして同じ囲いに入れてるんですか?」

「私じゃなく、犬が望んだことですよ。何度外に出しても、柵を飛びこえちまうんだ」

「二匹のあいだになにかありましたか？　つまり、こいつらは、できてるんですか？」

グリズウォルドが身構えた。

「あなたを責めようというんじゃない、グリズウォルドさん。この犬には、どこか異常なところがあるんです」

グリズウォルドは煙草の汁を吐きだした。「まあ、何度かやろうとしましたが、エンマが手ひどく返り討ちにしてましたよ。いまじゃおとなしいもんです。私の考えを聞かせましょうか？　思うに、こいつはエンマを母親だと思いこんでるんですよ」

豚が囲いを横切って、たらいにぽたぽたと水を垂らしている蛇口へ向かうと、スチューピドもあとをついていった。豚が水を飲み、犬も水を飲んだ。それから豚は私たちのところへ戻ってきて、慕うように私を見上げ、そのあいだにスチューピドが、豚のなめらかな背中を舐めて藁くずを取ってやっていた。犬は豚にぞっこんだった。

すると突然、スチューピドはおふざけ気分になった。地面に腹をつけ、二度か三度、豚に向かって吠えかかる。そうかと思えば、土を蹴ってぐるぐると駆けまわり、吠え、豚のそばにぱっと飛びはね、ごろんと横になり、豚をからかい、豚が私たちに気を取られていることに拗《す》ねてみせた。豚はぶーぶー鼻を鳴らし、短く白い脚でスチューピドを追っ払い、スチューピドはなんの抵抗も示すことなく隅へ追いつめられていった。豚の体当たりで壁に打ちつけられ、二〇〇ポンドの体の下敷きになりながら、スチューピドは優しく豚の耳をかじっていた。やがて豚は癇癪《かんしゃく》を起こし、スチューピドの足に噛みついた。短い悲鳴をあげてから、スチューピドは足を引きずって藁の寝床に戻り、ふたたびそこに横になった。

「離ればなれになったら、おたがいにさびしいでしょうね」私は言った。

「いまだけですよ。あと二、三日で屠殺《とさつ》しますから」

私は目を丸くした。「屠殺？」

「あの豚はベーコンにぴったりです。ご覧なさい、あの立派な肩」

エンマが私に微笑みかける。まるで、私たちはずっといっしょだと言っているみたいだった。

「銃で撃つんですか？」

「逆さに吊るしてから喉を切ります。そうすると、しっかり血抜きができるんです」

これがこいつの本性か。穏やかな顔にひげを生やし、ドアの上に「平和！」などと掲げておきながら、この愛くるしい生物の命を奪おうと画策していたとは。早く逃げよう。目の前の男と、私をうっとり見つめる豚の朗《ほが》らかな微笑みから離れよう。私は財布を取りだし、たこで硬くなったグリズウォルドの手のなかで三〇〇ドルを数えた。

縄につなぐために囲いから引っぱっていくあいだ、スチューピドは一度も吠えなかった。けれど、私に力ずくで引き結びの縄をかけられたとき、あいつは声を出さずに泣いているように見えた。哀れなエンマはぶーぶーと言いながら、戸口まで私たちについてきて、ずっと犬のにおいを嗅いでいた。私たちはスチューピドを持ちあげてステーションワゴンに乗せ、後部ドアをばたんと閉めた。すると犬は吠えはじめ、ドアを引っ掻き、何度も足を滑らせ、その叫びは遠くにいるロバの耳にも届き、鶏たちは恐慌をきたしてコッコと鳴いた。

マリア。

私は振り返って囲いを見た。豚が後ろ脚で立ち、柵越しにこちらを覗こうとしている。けれど背が低すぎるために、私からは豚の鼻先しか見えなかった。

マリア。

私はグリズウォルドに手を振って車に乗った。犬は半狂乱になって、後部窓を引っ掻いたり跳んだりしている。

「お宅、豚のロースはよく食べます?」グリズウォルドが言った。

「べつに、それほどでも」

「すこしばかりお譲りしましょう」

マリア。

「グリズウォルドさん」私は言った「もし、今日からあの豚が自分のものになるなら、私が最初になにをするかわかりますか?」

グリズウォルドは煙草の汁を吐いた。

「私の母にちなんで、あの豚をマリアと名づけます」

「そりゃ愉快だ」

「母が豚に似ていたとか、そういうことを言いたいわけじゃありません。ただ、母もあの豚のように、いつも笑っていたんです」

「へえ、そうですか」

私は車のエンジンをかけた。

「グリズウォルドさん、いくらであの豚を譲ってもらえますか？」

「あいつは売り物じゃありませんよ」

「いくらですか？」

グリズウォルドが近寄ってきて、両手を車の屋根に置いた。

「ほんとうに欲しいんですか」

「ええ」

グリズウォルドは目を細め、銃の照準器を覗きこむように私を見た。

「三〇〇ドル」

「不躾《ぶしつけ》な言い方は好きじゃないが、グリズウォルドさん、あんたはクソッタレだ。三〇〇ドル、払ってやるよ」

グリズウォルドは笑った。

私はもう三〇〇ドルを財布から取りだし、グリズウォルドに手渡した。いまやローマは、惑星のごとく遠ざかった。囲いのそばまで車をバックさせてから、私たちは後部ドアからマリアを車に積みこんだ。スチューピドは喜びを爆発させ、思いきり飛びはねて頭を天井にぶつけた。豚は興奮して鼻を鳴らし、しばらく床の上で足を滑らせていたものの、じきに身を落ち着ける一角を見つけておとなしくなった。マリアの腹に泥の染みがついていることに気がつくと、スチューピドはすぐに舌できれいにしてやった。

「餌はなにをやればいいんですか?」

「残飯ですな。私はデッカー・インと話をつけてました。ひと月に五ドル払えば、必要なだけ譲ってくれます。お宅も同じ条件で頼めると思いますよ。ごみ箱は持参してください」

「いや、いい。これからこの豚は、穀物とトウモロコシを食べるんだ」

グリズウォルドは唾を吐き、からかうように私を見た。

「いいごみ箱があるんだが、買います?」

「ごみ箱なら間に合ってる」

25

家畜用の柵囲いは庭の北半分の側、土地をふたつに分けている生け垣のすぐ裏手にあった。その小さな囲いは納屋と地続きで、ティナが馬に夢中になっていたころ、乗馬用の二頭の馬がそこで飼われていた。

　私はハリエットをびっくりさせたかった。犬が戻ってきたとなれば、もちろん喜び、ほっと胸をなでおろすだろう。豚にかんしては、まあ、すくなくともブルテリアではないわけだ。それに、ハリエットは豚が好きだ。妻はサクラメントの近くの農場で、豚に囲まれて少女時代を送ったのだ。生け垣が途切れている箇所から、できるかぎり音を立てずにステーションワゴンを忍びこませ、バックで柵囲いの戸口に寄せた。

　私の狙いは、囲いの内側の、美しくまっさらな地面で犬と豚がじゃれ合っている、牧歌的な田園風景をハリエットに目撃させることだった。ところが、長らく放置していたために囲いのなかは荒れ放題で、一面に雑草が生い茂り、アナホリガメのせいであちこちに穴ぼこができていた。草取りをする気分ではなかったので、囲いをきれいにするのはまたの機会にしようと決めた。

　私は厚板を二枚使って、マリアが車から降りるための斜面を作った。豚は怖がる素振りも見せずに板に乗り、尻をつけたまま囲いのなかへ滑っていった。スチューピドが豚を追って車から飛びおりたあと、私は囲いの戸口を閉めた。あちこちのにおいを嗅いだり、喜びに喉を鳴らしたりしながら、豚はそのすばしこい蹄《ひづめ》で雑草のあいだを駆けまわり、新たな棲み処を手早く検分していた。それから豚は下を向き、せっせと草を抜きはじめた。豚を真似ようとしたスチューピドは、二、三度試しただけで飽きてしまった。私は蛇口の下にたらいを置いて水をためた。二匹はたらいの方へやってきて、隣り合って水を飲んだ。

笑顔の豚はけっして私から視線を逸らそうとせず、自分たちはうまくやっていけそうだと私は確信した。柵の横木に腰かけて、穴ぼこだらけの地面のあいだに鼻で溝を掘っている豚を眺めた。丸い背中が陽射しを浴びて、大きな真珠のようにちらちらと輝いている。安定を志向する心地よいブルジョワ精神と聖霊への信仰を、マリアは全身から放射させていた。またしても、母がこの豚に重なって見えた。マリアは土で鼻を真っ黒にして、暖かな地面にだらしなく寝ころんだ。スチューピドが豚の隣でうずくまり、顔の土を舐めてやった。この犬がこんなに幸せそうにしているところは、いままで見たことがなかった。心の問題は解消したのだ。熊のようなその顔には、柔らかな表情が浮かんでいる。胸によどむ憂鬱は晴れて消えた。

「ヘンリー?」

振り向くと、ハリエットが生け垣の向こうから私を見ていた。私は妻に、こっちへ来いと手招きした。妻はためらっていた。

「なんなの?」

私はまた手招きした。

ハリエットは不安げな顔つきで、草のあいだを縫って歩き、車をよけて囲いへ回りこんできた。豚と犬が隣り合って横になり、豚の乳首が破裂した風船のように垂れている。その光景を見て、ハリエットのなかでなにかが砕けた。ハリエットの奥底で、なにかが粉々に砕け散る音を私は聞いた。妻は囲いから視線を移し、私を見据えた。その瞳は憐憫と、困惑と、絶望に震えていた。なにも言わずに背を向けると、妻は家に向かって歩きだした。

私は柵の横木に腰かけたまま、遠ざかる妻の背中を見つめていた。きっぱりとした足どりで、生け垣を越え、ガレージを通りすぎ、裏口の戸を開けて、大きくさびしい家の深みへ潜りこんでいく。

家の向こうの、青い入り江の水平線をじっと見つめる。遠くを飛んでいるボーイング七四七が、日の光に輝きながら海の上で大きく輪を描き、本土の方へ戻ってきて東に向かう。行き先はシカゴか、ニューヨークか、それともローマか。視線を下ろし、Y字型の家の白い屋根、ティナの部屋の窓にかかるオーガンディーのカーテン、ドミニクが子供のころに建てたツリーハウスの残骸がいまだに引っかかっている大きな松の枝を眺めた。それから、ガレージから突き出ているデニーの車のさびついたバンパーと、その正面に置かれている、ジェイミーのバスケットゴールのぼろぼろのネットに目をやった。

涙があふれて、とまらなくなった。

訳者あとがき　負け犬とばか犬

一九八〇年、サンタバーバラの出版社ブラックスパロウ・プレスが、ジョン・ファンテの *Ask the Dust*（『塵に訊け！』、都甲幸治訳。原著初版一九三九年刊）を再刊する。忘却の淵に沈んでいた、この「偉大なるロサンゼルス文学」の発掘は、批評家のあいだに驚嘆と熱狂を引き起こした。ブラックスパロウ・プレスはその二年後には、いまや全盲となったファンテが妻ジョイスの手を借りて完成させた *Dreams from Bunker Hill*（「バンカーヒルから見る夢」）を刊行する。「アルトゥーロ・バンディーニのサーガ」の最終章に相当するこの小説は、結果としてファンテの遺作となった。一九八三年、享年七十四歳でファンテは没する。ブラックスパロウ・プレスはその後も、すでに絶版となったファンテの著作や、引き出しの奥で眠っていた未発表の小説を次々と世に出していく。このたび訳出した『犬と負け犬』（原題 *My Dog Stupid*「僕の犬はスチューピド」）も、そうした流れのなかで陽の目を見た作品のひとつである。本作と短篇 *Orgy*（「乱痴気騒ぎ」）の二篇を収録した *West of Rome*（「ローマの西」）は、一九八六年にブラックスパロウ・プレスから刊行されている。

では、『犬と負け犬』の原稿が執筆されたのは、実際にはいつごろだったのか。これについては、残された資料からほぼ正確な時期が判明している。ファンテは一九六〇年代後半から本作の執筆を開始し、遅くとも一九六八年のはじめごろには、草稿をニューヨークのエージェントに送付している。[2] ファンテのエージェントを務めていたエリザベス・オーティスは小説の出来栄えに感銘を受け、同年三月四日付けの書簡で次のように伝えている。「あなたがもう何年も小説の執筆から遠ざかっていたことを思うと、私は泣きそうになってしまいます［…］。ジョン、お願いだから、出版のために書きつづけることをやめないで。あなたの光を埋もれさせないためにも、それはぜったいに必要なことだから」[3]。しかし、『犬と負け犬』の出版にかけるオーティスの並々ならぬ熱意は、けっきょく実を結ばずに終わる。

一九七〇年代に入ってからは、刊行を引き受ける版元を見つけだすべく、ファンテはジャーナリストにして社会活動家のケアリー・マックウィリアムスに協力を仰いでいる。

親愛なるケアリー

［…］きみがこの本を気に入ったかどうか、僕にはわからない。たぶん、なんとか気に入ろうとしたけれど、どうにも結論をくだせずにいるんだろう。たいへんけっこう。僕も同じ意見だからね。この作品にはところどころ、夢のように読める記述がある。また別の箇所は、僕を完全な絶望に陥れる。それでも僕は、この作品が大当たりすることを確信してるよ。[4]［…］

（一九七一年二月一日付け）

すでに数十年来の付き合いとなった友の力になるため、マックウィリアムスはグローブ・プレスの編集者リチャード・シーバーにファンテの原稿を送付する。けれどあいにく、ファンテに吉報を届けることはかなわなかった。

親愛なるケアリー
グローブ・プレスから断りの返事が入ったことは、もちろん悲惨なニュースだ。でも、だからといって気落ちしてるわけじゃない。僕の小さな本は、出版というジャングルのどこかに、きっと居場所を見つけるはずだ。リトル・ブラウンに言われたとおり原稿を手直しして、ネッド・ブラッドフォードのオフィスに戻しておいたよ。［…］
この本への助力に、心から感謝する。
心を込めて。
ジョン・ファンテ[5]
（一九七一年四月二十一日付け）

ファンテの切なる望みもむなしく、著者の生前、『犬と負け犬』が活字になって書店に並ぶことはなかった。ところが、同時代の出版人の評価とは裏腹に、本作を収録した『ローマの西』が八六年に刊行されるなり、『犬と負け犬』は読者から歓呼をもって迎えられた。本作はとくにフランスにおける人気が高く、二〇一九年にはイヴァン・アタルによって映画化もされている。トリノのエイナウディを版元とする、『ローマの西』のイタリア語訳[6]の背表紙にもあるとおり、現在ではこの一冊は、「ファンテの代表作のひとつであり、読者からもっとも愛されている作品のひとつ」と見なされている。

ファンテの多くの小説と同様に、『犬と負け犬』もまた、著者の自伝的性格を色濃く帯びた一篇である。本作の語り手であるヘンリー・モリーゼは、カリフォルニアのマリブに立つY字型の邸宅に、「白人でアングロサクソンでプロテスタント」の妻ハリエット、および、息子三人と娘一人からなる子供たちとともに暮らしている。これは、五〇年代から六〇年代にかけての著者の境遇とぴたりと重なる。ファンテの実人生においては、一九四二年に長男のニコラスが、四四年に次男ダニエルが、四九年に長女ビクトリア・メアリーが、五〇年に三男ピーター・ジェームズが生まれている。五二年に発表された *Full of Life*（『満ちみてる生』、拙訳）は、長男ニコラスの誕生を題材とした小説である（なお、ニコラスという名前は、ジョンの父親で、移民第一世代のれんが積み工だったニック・ファンテにちなんでいる）。『満ちみてる生』が刊行される前年、同作の映画化の権利を売却することで多額の収入を得たファンテは、新居としてマリブの豪邸を購入する。これが、『犬と負け犬』の舞台となるY字型の屋敷である。

そうなると、読者としては当然ながら、ファンテが実際に秋田犬を飼っていたのかどうかという点も気になってくるだろう。ファンテの伝記を著したステファン・クーパーによれば、一九六九年のクリスマス・イブ、ファンテは自身の飼い犬である一〇五ポンド（五〇キログラム弱）の秋田犬と、近隣に暮らす二匹のドーベルマンの闘いに割って入り、右足を噛まれて重傷を負っている[7]。また、次男で作家でもあるダン・ファンテも、父との思い出を中心に綴った自伝のなかで、この秋田犬について触れている。六九年のクリスマス、数年ぶりにダンが実家に戻って過ごしていたとき、ジョンは木陰に置かれた椅子に腰かけ、バック（Buck）という名の秋田犬をなでながら、三人の息子が庭のプールに飛びこんで遊ぶ様子を眺めていたという。[8] したがって、「ばか《スチューピド》」なるおどけた名称は架空のものであるにせよ、六〇年代後半のファンテ邸に大型の秋田犬が暮らしていたことは間違いない。

もちろん、小説に描かれている内容が「事実そのまま」ということはなく、そこには多くの改変が加えられている。たとえば、ヘンリーの次男であるデニーは、母ハリエットのサポートのもと無事にシティ・カレッジを出たことになっているが、先に言及したダン・ファンテの自伝によれば、彼は卒業を待たずに退学処分を受けている。一方で、ダンは自らの学生生活を振りかえり、舞台芸術の授業だけは楽しかったと述懐しており、こうした点は『犬と負け犬』のデニーをめぐる描写に一致する。[9] つまりファンテは、*Wait Until Spring, Bandini*（『バンディーニ家よ、春を待て』、拙訳。以下、『バンディーニ』と表記する）や『満ちみてる生』といった先行する作品と同様に、自身や家族の人生を下敷きにしながらも、そこにさまざまな脚色を施すことで、文学的なフィクションを仕立てあげているといえるだろう。

先述のエリザベス・オーティスも書簡のなかで触れているように、ファンテは『満ちみてる生』の刊行以来、長らく出版の世界から遠ざかっていた。小説家こそが自らの天職だと信じながらも、ハリウッドの泥沼にどっぷりと浸かってしまい、どうにも抜け出せなくなっていたのである。一九六三年、母の死を直接のきっかけとして、ファンテは三男のピーターをともない、じつに三〇年ぶりに生地のデンバーを訪れている。滞在中、「デンバー・ポスト」紙のインタビューに応じたファンテは、後世の読者の嘆息を先取りするようにして、こんなことを言っている「もし、映画の仕事をはじめていなかったら、いまごろどうなっていたか……。間違いなく、一ダースかそこらの小説を発表していたはずですよ。たった四冊でなくてね」[10]これこそ、今日の多くの読者が心から望んでいる「有りえたかもしれない過去」である。とはいえ、仕事でも、家庭でも、数かぎりない「敗北」を経験しつづけてきたからこそ、人生の「負け犬」たるヘンリー・モリーゼの物語を書けたのであって、作家として順風満帆のキャリアを築いていたとしたら、人生後半のファンテの作風は完全に別物になっていたことだろう。息子たちのあいだにも、脚本家ではなく作家こそが父のほんとうの姿だという意識はあったらしく、一九六四年には、実家を出てニューヨークに暮らしていた次男のダンから、こんな手紙が書き送られている。

父さんの手紙を読んで、すぐにわかったことがある。非の打ち所がないんだ。句読点も、スペルも、文法も、僕の親父はなにひとつ間違えちゃいない。まるで、出版されなかった父さんの小説の、第六章のなかの四ページを読んでいるみたいだった。すごくいい文章だよ。父さんのごつごつした手から、すらすらとなめらかに流れ出してきたような……だけど僕の親父は、もう若者じゃない。そしていまは、もう一九三八年じゃない。このおっさんは、なんの本も書いていない。このおっさんは、人をぺしゃんこに押し潰す画面に映る、しょうもないわ言ばかり書いている。なんでなんだよ、父さん……いったいどうしちゃったんだよ？[11]

次男の手紙に、ファンテが返事をしたためることはなかった。手紙のなかで、ダンは小説を書こうとしない父親を非難しているが、じつのところファンテは六〇年代に入ってから、*The Left - Handed Virgin*（「サウスポーの童貞」）と*The Confusion of the Times*（「時代の困惑」）という、二つの小説の執筆に取り組んでいる。前者は『犬と負け犬』と同様に、執筆当時は刊行を手がける版元が見つからず、ファンテの没後に*1933 Was a Bad Year*（「一九三三年はろくでもない一年だった」）というタイトルのもと出版されている。「時代の困惑」は、聖母マリアを乗せて厩《うまや》へ運んだロバをめぐる小説として構想され、ファンテはインスピレーションを得るために自宅の庭でロバを飼うことまでしたのだが、けっきょくは未完のまま執筆は中断された。『満ちみてる生』が刊行された一九五二年から、『犬と負け犬』を執筆する六〇年代後半までの長い期間、ファンテは小説家としての自己を取り戻すために悪戦苦闘していたのである。

すでに指摘したとおり、ファンテの作品の多くは、著者やその家族の人生を物語の素材としている。『バンディーニ』ではデンバーの悪童が、『塵に訊け！』ではバンカーヒルの夢見る青年が、『満ちみてる生』では長男の出産を控えた若き夫が語り手を務めている（『バンディーニ』では部分的に、主人公の父親ズヴェーヴォの視点からも物語が展開する）。ファンテの小説世界には、複数の作品を通して読むことで、著者の人生を追体験できるような面白味がある。たとえば、『満ちみてる生』の一場面における父と子の会話は、本書『犬と負け犬』におけるヘンリーの受難を暗示しているようにも読める。

「[…]じきにお前は父親になる。三五年、四〇年もたてば、お前もすっかり老いぼれになる。今夜お前の父親が言ったことをよく覚えておけ。子供はつねに、お前の苦しみの原因になるからな」

「それはひどいね[12]」

『満ちみてる生』が執筆された時期というと、長男のニックはまだ十歳にもなっていない。それでもファンテは、父のこの不吉な予言がやがて現実になることを、なかば諦念とともに予感していたのではないだろうか。『満ちみてる生』と『犬と負け犬』を読みくらべると、両作の執筆時期のあいだに横たわる十数年という歳月が、ファンテを「息子」から「父」へ変貌させたことがよくわかる。イタリアの批評家エマヌエーレ・トレヴィは、ファンテの文学における『犬と負け犬』の位置づけにかんして、「全篇にわたり父の視点から書かれている唯一の作品」と述べている[13]（傍点は訳者）。問題なのはこの父親が、いまだに別の人生を夢見ることをやめられずにいる点である。本書の語り手であるヘンリーは、家も、妻も、子供も捨てて、ローマで人生をやり直したいという切実な願いを抱えている。五十の坂を過ぎているにもかかわらず、彼は現実よりむしろ、可能性の世界を生きているのである。ひたすらに負けが込みつづける日々を送るなか、中年作家の「傷」と「痛み」を癒やす存在として、一匹のばか犬が姿を現わす。この犬の登場が合図になったかのように、マリブに立つY字型の家からは、ひとり、またひとりと子供たちが去っていく。ローマの夢は露と消え、最後には妻からも理解を拒まれ、自分にはもう（犬と豚を除けば）なにひとつ残されていないことを痛切に実感したとき、作家は覚えず涙をこぼす。『満ちみてる生』の結末で、生まれたばかりの孫を前にして祖父が流した温かな涙とくらべると、ヘンリーの涙の苦さはなおも際立つ。こんな苦しみを舐めるために、自分は父親になったのか。著者の晩年に刊行された *The Brotherhood of the Grape*（『葡萄の信徒会』）において、ファンテはふたたび「息子の視点」に立ち返り、父親の死を主題にした物語を紡いでいる。語り手のヘンリー・モリーゼ（『犬と負け犬』の語り手と同姓同名）からしてみれば、彼が父親になったことは、一種の手違いのようなものであった。

私もまた父親だった。自ら欲した役回りではなかった。子供のころに、家のなかで父が強くやかましく過ごしていたころに帰りたかった。父性なんぞ糞くらえだ。私は父になるべくして生まれたのではない。私は生まれついての息子なのだ。[14]

「生まれついての息子」だったはずの自分が、いつの間にか夫になり、父となり、若き日の野心は気づかぬうちに雲散霧消し、あとは老いを待つ日々だけが目の前に続いている……。『犬と負け犬』の第十七章、長男のドミニクがすでに籍を入れており、しかもじきに父親になることを知ったヘンリーは、これから息子に押し寄せるであろう「痛み」を思い戦慄する。「だめな夫」、「ろくでもない父親」、「家族を満足に養うこともできない人生の落伍者」を自任する中年作家は、彼の人生に闖入してきたスチューピドに勝利の夢を託すものの、この「だらしなく無気力な最低最悪のクソ犬」に、主《あるじ》の期待に応えようなどという殊勝な意図があるはずもなかった。ファンテの手になる小説のなかで、『犬と負け犬』ほど痛ましい結末を迎える作品はほかにない。

本書の版元探しが難航するなか、ファンテはケアリー・マックウィリアムスに宛てた手紙のなかで、「腫れ物（boil）」という比喩を使って過去に手がけた作品に評価を下している。

> 僕が『バンディーニ』を書いたのは、切開しなけりゃいけない腫れ物だったからだ。僕のほとんどの短篇は、もうすこし小さめの腫れ物だ。『塵に訊け！』はひどく痛む腫れ物だった。切開して血を出して、消毒する必要があった。『満ちみてる生』を書いたのは金のためだ。あれはたいした小説じゃない。『犬と負け犬』はもうひとつの腫れ物だ。僕はあれを切開した。いまは『最後の晩餐』に取り組んでる。これは金のためだ。うんざりだよ。気が向いたときだけ机に向かってる。[15]
>
> （一九七二年三月二十三日付け）

ファンテの生前、商業的にもっとも成功した『満ちみてる生』が、ここでは「金のため」の小説として一蹴されている。たしかに、作品に描かれる「痛み」を評価の軸とするならば、平和で、牧歌的で、生の讃歌のごとく読める同作に、否定的な判定が下されるのも無理はない。文学には「痛み」が必要だとするファンテの信念は、青年時代から一貫していた。三〇年代、自身にとってはじめての長篇小説を完成させた際にも、やはりマックウィリアムスに宛てた手紙のなかで、ファンテは次のように書いている。

この小説は強烈すぎるかもしれないな。つまり、優雅や洗練とはまるで無縁なんだ。でも、僕はそんなこと気にかけちゃいない。もし文学が血と痛みを必要としているなら、その渇きは *The Road to Los Angeles*（『ロサンゼルスへの道』）が癒してくれるはずだ。[16]（一九三六年七月十四日付け）

ファンテの愛読者にとっては周知のとおり、ここで言及されている『ロサンゼルスへの道』もまた、執筆当時は版元が見つからず、じつに半世紀にわたって引き出しの奥にしまいこまれることになった作品である。ファンテがタイプライターの用紙に打ちつけた「痛み」の多くは、著者が没してからようやく読者のもとへ届けられた。負けることが生に痛みをもたらすなら、ファンテの文学にとっては敗北もまた、ひとつの欠くべからざる要素であったに違いない。ばか犬の頭をなでながら、マリブの負け犬が人知れず口ずさんでいた哀歌は、いまでは世界中の読者の胸を震わせている。

本書の刊行にあたっては、未知谷の飯島徹さん、伊藤伸恵さんに、たいへんお世話になりました。『デイゴ・レッド』、『バンディーニ家よ、春を待て』、『満ちみてる生』に続き、未知谷が手がけるファンテの拙訳書はこれで四冊目となります。今後はさらに、ファンテの幻の処女作であり、「アルトゥーロ・バンディーニのサーガ」のほんとうの第一作に相当する *The Road to Los Angeles* が、拙訳により未知谷から刊行される予定です。『塵に訊け！』を凌ぐ「痛み」を描いた、圧倒的な一冊です。既刊書と併せて手にとっていただければ幸いです。

著作権エージェントから提供された情報によれば、本書を原作とするフランス映画 *Mon Chien Stupide*（イヴァン・アタル監督、主演）は、近く日本でも公開予定とのことです。ご興味のある方は、ぜひ劇場まで足を運んでみてください。

二〇一九年十一月、佐倉にて　訳者識

1　『ローマの西』に *My Dog Stupid* と併せて収録されている短篇 *Orgy* は、一九二五年のコロラドを舞台にした作品である。語り手である十歳の少年と、その父親の関係性に焦点が当てられている。貧しさ、信仰、父親にたいするアンビバレンスな感情など、『デイゴ・レッド』所収の各短篇に通じる要素を多く含んだ一篇である。

2　作品の冒頭に、一九六九年十一月に起きた「テート殺人事件」への言及があることから、ファンテはエージェントに作品を送ったあとも改稿を重ねていたものと推測される。

3　Stephen Cooper, *Full of Life: A Biography of John Fante*, New York, Angel City Press, 2005 [2000], p. 336.

4　John Fante, *Selected Letters 1932-1981*, ed. Seamus Cooney, Santa Rosa, Black Sparrow Press, 1991, p. 288.

5　*Ibid.*, p. 289.

6　John Fante, *A ovest di Roma*, intr. F. Marcoaldi, trad. A. Osti, Torino, Einaudi, 2008.

7 Stephen Cooper, *Op. cit.*, p. 336.

8 Dan Fante, *Fante: A Family's Legacy of Writing, Drinking and Surviving*, New York, Harper Perennial, 2011, pp. 167-168.

9 *Ibid.*, p. 109.

10 Stephen Cooper, *Op. cit.*, p. 329. なお、ここでいう「四冊」とは、『バンディーニ家よ、春を待て』（一九三八年刊）、『塵に訊け！』（一九三九年刊）、『デイゴ・レッド』（一九四〇年刊）、『満ちみてる生』（一九五二年刊）を指す。

11 *Ibid.*, p. 332.

12 ジョン・ファンテ『満ちみてる生』栗原俊秀訳、未知谷、二〇一六年、七〇～七一頁。

13 Emanuele Trevi, *Storia di A ovest di Roma*, in J. Fante, *Op. cit.*, p. xiv.

14 John Fante, *The Brotherhood of the Grape*, Santa Rosa, Black Sparrow Press, 1988 [1977], pp. 172-173.

15 John Fante, *Selected Letters 1932-1981*, ed. Seamus Cooney, Santa Rosa, Black Sparrow Press, 1991, p. 294.

16 *Ibid.*, p. 129.

John Fante

1909年、コロラド州デンバーにて、イタリア人移民家庭の長男として生まれる。1932年、文藝雑誌《The American Mercury》に短篇「ミサの侍者」を掲載し、商業誌にデビュー。以降、複数の雑誌で短篇の発表をつづける。1938年、初の長篇小説となる *Wait Until Spring, Bandini*（『バンディーニ家よ、春を待て』栗原俊秀訳、未知谷、2015年）が刊行され好評を博す。その後、長篇第二作 *Ask the Dust*（1939年。『塵に訊け！』都甲幸治訳、ＤＨＣ、2002年）、短篇集 *Dago Red*（1940年。『デイゴ・レッド』栗原俊秀訳、未知谷、2014年）と、重要な著作を立てつづけに刊行する。ほかの著書に、*Full of Life*（1952年。『満ちみてる生』栗原俊秀訳、未知谷、2016年）、*The Brotherhood of the Grape*（1977年）など。小説の執筆のほか、ハリウッド映画やテレビ番組に脚本を提供することで生計を立てていた。1983年没。享年74歳。

くりはら としひで

1983年生まれ。翻訳家。訳書にアマーラ・ラクース『ヴィットーリオ広場のエレベーターをめぐる文明の衝突』、ジョン・ファンテ『満ちみてる生』（以上、未知谷）、ピエトロ・アレティーノ『コルティジャーナ』（水声社）など。2016年、カルミネ・アバーテ『偉大なる時のモザイク』（未知谷）で、第2回須賀敦子翻訳賞を受賞。

犬と負け犬

二〇二〇年一月十日印刷
二〇二〇年一月二十日発行

著者 ジョン・ファンテ
訳者 栗原俊秀
発行者 飯島徹
発行所 未知谷
東京都千代田区神田猿楽町二・五・九
〒一〇一・〇〇六四
Tel.03-5281-3751／Fax.03-5281-3752
［振替］00130-4-653627
組版 柏木薫
印刷 ディグ
製本 難波製本

Printed in Japan
Publisher Michitani Co. Ltd., Tokyo
ISBN978-4-89642-599-4 C0097